원더풀데이즈

원더풀데이즈
Wonderful Days

원작 틴하우스 | 글 오윤현

예담

원더풀데이즈

초판 1쇄 인쇄 • 2003년 6월 20일 | 초판 1쇄 발행 • 2003년 6월 30일 | 원작 • 틴하우스 | 글 • 오윤현
펴낸이 • 김태영 | 상무 • 신화섭 | 편집장 • 정차임 | 편집 기획 • 김은주 최혜진 이원숙 | 디자인 • 김정숙
김미영 장윤정 임성언 | 마케팅 • 정덕식 권대관 임태순 | 경영지원 • 하인숙 고은미 임효구 | 펴낸곳 •
예담출판사 | 출판등록 • 1999년 1월 5일 제13-904호 | 주소 • 서울시 마포구 도화동 538번지 성지빌딩
908-B호 | 전화 • 704-3861 | 팩스 • 704-3891 | e-mail • editor@yedamco.co.kr | homepage •
www.yedamco.co.kr | 값 8,800원 | | ISBN 89-88902-71-8 03810

● 시실 섬 ●

…시간을 잃어버린(時失) 섬. 파란 하늘을 그리워하는 사람들이 사는 곳.

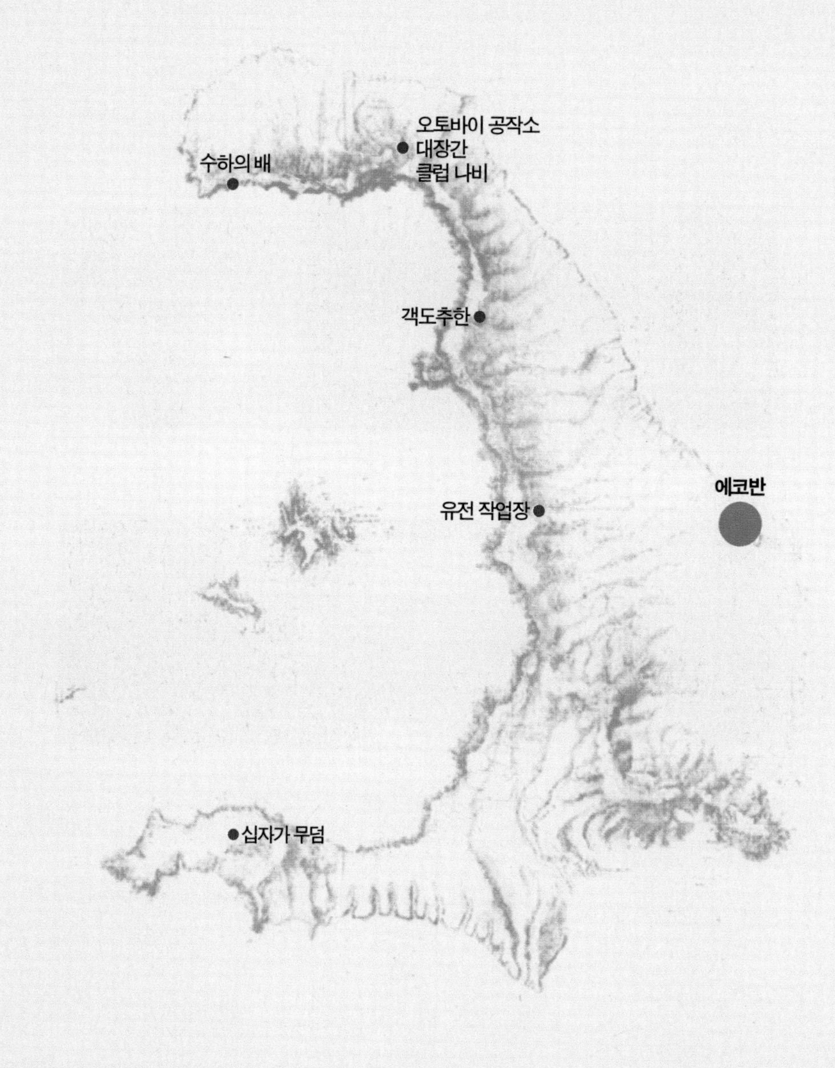

●등장 인물●

수하(23)
에코반 출신이지만 어린 시절 에코반에서 도망쳐 마르 지역에서 산다. 노아 박사와 함께 에코반 에너지 시스템을 파괴하려고 나선다.

제이(23)
에코반 경비대원. 마음에 들지 않는 거친 임무 때문에 갈등한다. 미묘한 상황에서 어린 시절에 헤어졌던 수하를 다시 만난 후 인생 행로에 대해 고민한다.

시몬(25)
에코반 경비대장. 충성심이 강하고 마음속으로 제이를 사랑하고 있다.

노아 박사(62)
델로스 시스템의 총책임자였지만 에코반 지도부의 음모에 맞서다가 반역자로 몰려 수하를 데리고 에코반을 탈출했다. 현재 마르에 살면서 에코반을 와해시키기 위해 노력한다.

총독(55)
에코반의 최고 통치자로 음모와 술수에 능하다.

부관(42)
무력으로 에코반을 유지시키려는 잔인한 인물. 마르인들을 벌레 취급하고, 에코반의 에너지 보충을 위해 그들을 몰살시키려고 한다.

우디(11)
마르 지역의 고아 소년으로
수하가 돌보고 있다.

카렌(9)
노아 박사가 돌보는 맹인 소녀.
우디를 오빠처럼 따른다.

철한(25)
마르의 범죄 조직 '핫도그'의
우두머리.
자신을 레지스탕스라고 여긴다.

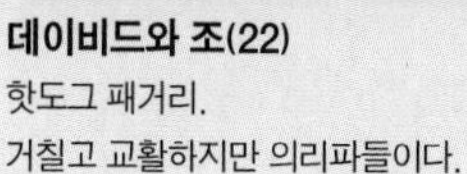

데이비드와 조(22)
핫도그 패거리.
거칠고 교활하지만 의리파들이다.

티폰(30)
마르 지역에 있는 식당
객도추한의 주방장으로
성격이 급하고 거칠다.

●차례●

제2부 미래의 운명을 건 싸움

2

제이야. 눈을 감고 내 손을 잡아봐.

아주 멋진 걸 보여줄게.

뭔데?

자, 눈을 떠봐!

하아, 아름다워.

저길 봐! 저게 푸른 하늘이야.

정말 눈부셔. 믿어지지 않아.

오늘은 너와 내게 아름다운 날이야.

그래, 수하야. 원더풀 데이야.

●프롤로그●

지구 종말의 먹구름

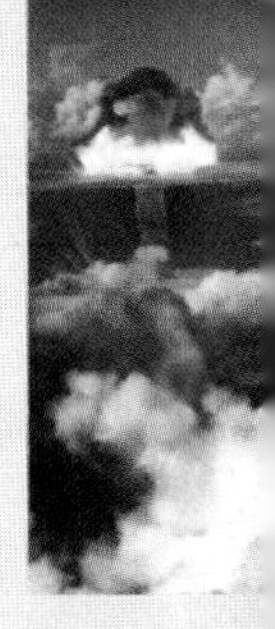

2039년. 지구는 끔찍한 상황에 처한다. 13년 전부터 일어난 인도-중국, 미국-이라크, 러시아-독일 간의 연이은 핵전쟁으로 방사능과 낙진이 전지구상에 퍼졌고, 그 여파로 산성비가 줄기차게 내렸다. 지표에서 너울너울 올라간 검은 매연과 가스는 파란 하늘을 검게 물들였다. 하늘은 마치 한 폭의 수묵화 같았다. 먹구름 사이로 언뜻언뜻 파란 하늘이 보였지만 그것은 아주 잠시뿐이었다.

후유증은 심각했다. 모든 나무와 풀이 빠르게 초록빛을 잃었고, 물속의 크고 작은 생명들이 하나둘 목숨을 잃었다. 인간도 재앙을 피할 수는 없었다. 수억 명이 방사능에 노출되어 목숨을 잃었으며, 신생아의 절반 이상이 사지가 뒤틀리거나 입술이 없는 아이였다.

살아남은 사람도 숨만 쉴 수 있을 뿐, 이미 죽은 목숨이나 다름없었다. 알 수 없는 병으로 얼굴이 일그러지거나 뼈가 녹아내려 고통을 호소하는 사람이 부지기수였던 것이다. 일부 약삭빠른 사람들은 방독면을 쓰고 핵을 피하려 했지만 아무 소용 없었다. 결국 미국, 프랑스, 호주, 중국 등에서는 환자에 대한 모든 지원을 중단했고, 5년 간 출산을 금지하는 법을 제정하기에 이르렀다.

설상가상이었다. 땅속의 '검은 진주'라 불리던 석유와 천연가스마저 바닥을 드러내고 있었다. 밤이 되면 휘황찬란했던 도시가 폐광촌처럼 어둡고 을씨년스럽게 변했다. 이제 인류의 미래는 풍전등화였다. 참혹한 종말이 저승사자처럼 천천히 다가오고 있었다.

2040년 들어 햇빛이 비추는 날은 더욱 줄었다. 서울도 예외는 아니었다. 그해 서울 사람들 머리 위로 햇살이 떨어진 날은 불과 78일이었다. 그 여파로 무시무시한 추위가 몰려왔다. 남쪽과 북쪽 끝에 위치한 나라들은 더욱 심해서, 그 나라 사람들은 자신들이 공룡처럼 추위 때문에 멸망하리라 믿었다. 노르웨이, 핀란드, 캐나다, 뉴질랜드, 러시아, 칠레에 사는 사람들이 그들이었다.

참다못한 그들은 죽음을 무릅쓰고 햇볕이 좀더 풍부하고 따뜻한 나라로 이동하기 시작했다. 그 과정에서 비옥하고 덜 얼어붙은 자신들의 땅을 지키려는 나라 사람들과 피비린내 나는 전쟁이 벌어졌다. 남아 있던 핵과 미사일이 또다시 하늘을 날았고, 수많은 사람이 목숨을 잃었다. 전쟁에서 살아남았다고 해도 안심할 수는 없었다. 살을 에는 추위가 야금야금 목숨을 위협하고 있었던 것이다.

그러나 어떤 상황에서도 살아남는 인류는 있게 마련. 돈 많은 자본가와 권력자들은 지구의 종말을 앉아서만 기다리지 않았다. 부와 권력과 행복을 좀더 누리고 싶었던 그들은 머리를 맞댔다. 상의 끝에 그들은 기술자들에게 거액의 돈을 지불하기로 했다. 땅과 바다 속에 튼튼한 건축물을 짓기 위해서였다. 그러나 안타깝게도 그 시도는 실패로 끝나고 말았다. 에너지가 공급되지 않는 집은 한데에 지어놓은 원시인의 움막이나 마찬가지였다.

애를 태우던 자본가와 권력자들은 또 한 번 머리를 맞대고 오랜 고민 끝에 다른 방책을 찾아냈다. 우선, 그들은 전세계의 내로라하는 과학자들을 불러 모았다. 숱한 과학자가 그들의 부름에 따랐다. 사실 자존심이 강한 과학자들이 자본과 권력 앞에 무릎을 꿇은 것은 이례적인 일이었다. 그러나 과학자들로서도 달리 방법이 없었다. 그들은 자본과 권력의 힘을 빌려서라도 인류를 구하고 싶어했다.

2042년, 드디어 열일곱 명의 과학자가 21세기 '노아의 방주' 를 찾아냈다. 방주는 이제껏 그 누구도 상상하지 못한 모양이었다. 한국의 조일철 박사가 10여 년 간 연구해 오다가 중단한 그것은, 방사능을 에너지원으로 삼는 인공 도시였다. 이론적으로 그 도시는 인류에게 한 줄기 빛이었지만, 성공할지 어떨지는 누구도 자신하지 못했다. 그러나 대안이 없었다. 지구는 빠르게 얼음 덩어리로 변해가고 있었기 때문이다.

인공 도시는 남태평양에 위치한 미국 땅 시실(Sisil) 섬에 건설하기로 결정되었다. 수백 차례 핵실험이 이루어졌던 그 섬은 풀 한 포기 자라지 않는 황무지였다. 하지만 오염 물질을 에너지로 삼는 인공 도시를 건설하는 데는 더없이 좋은 장소였다.

이상향이 될 공간을 찾은 과학자들은 '에코반(Ecoban)' 이라는 직경 5미터짜리 '씨앗' 을 만들었다. 에코반은 과거 미국의 과학자들이 개발한 바 있는, 오염 물질을 잡아먹는 식물을 본뜬 것이었다. 그 식물은 땅과 공중의 질 나쁜 먼지나 공기를 영양분 삼아 자라는, 아주 기이한 생태를 갖고 있었다.

과학자들은 그 풀의 원리를 이용해 에코반이 방사능을 먹고 자라도록 입력했다. 에코반 안에는 오염 물질만 있으면 자기

복제가 가능한 모듈이 2,500개 가량 내장되었다. 그러나 과학자들은 에코반이 제대로 자랄 것이라고 감히 확신하지 못했다. 이제껏 시도된 적이 없고 상상 속에서나 가능한 일이었기 때문이다. 하지만 이제 그것만이 인류에게 남겨진 유일한 희망이었다.

2042년 9월 18일, 과학자들은 비행기를 타고 은밀히 시실 섬으로 이동했다. 그리고 그날 밤, 특수 제작된 방독면과 옷을 입고 섬에서도 가장 황폐한 곳에 에코반을 파종했다.

보름 뒤 시실 섬 탐사에 나선 과학자들은 자신의 눈을 의심하며 서로 얼싸안았다. 에코반이 스스로 튜브 세 개를 만들어 땅으로 밀어 넣은 모습을 확인한 것이다. 이론대로라면 그 튜브는 지하수와 광물질을 빨아들여 에코반을 성장시키게 된다.

과학자들은 섬을 떠나기 전 에코반에 도시 설계도(각종 시설, 도로, 호수 등의 위치와 크기가 기록된 프로그램)를 입력했다. 만약 순조롭게 진행된다면 에코반은 60년 뒤 어느 도시보다 완벽한 시설을 갖춘 새로운 도시가 될 것이다.

에코반은 예상 외로 빠르게 성장했다. 1년이 지난 뒤 에코반은 열기구 풍선보다 두세 배 큰 튤립처럼 보였다. 그러나 자세히 들여다보면 식물이 아니었다. 몸체는 견고한 유리와 철로 구성되어 있었고, 내부에는 마치 벌집 같은 공간이 빽빽이 형

성되어 있었다.

몸체를 이루는 금속은 물에 함유된 미네랄을 걸러 에코반 스스로 얻어냈다. 유리와 섬유도 마찬가지였다. 모래를 흡수해 그것들을 거르고 가공해서 스스로 만들어냈다. 모든 공정에 필요한 에너지는 오염 물질로 핵융합을 일으켜 얻었다.

7년 뒤 에코반은 지름 200미터, 높이 100미터로 자라났다. 과학자들은 한 번 더 정교한 도시 건축 프로그램을 에코반에 입력했다. 통꽃 형태의 중앙에 호수를 자리잡게 하고, 그 둘레를 광장이 감싸도록 설계했다. 그리고 높고 두꺼운 벽에 크고 작은 공간이 들어차게 입력했다. 그 공간은 훗날 사무실이나 주택이 들어설 자리였다.

특이하게도 에코반이 성장하면서 꽃잎 같은 여덟 개의 껍질이 위로 치켜 올라가 지붕이 되었다. 위에서 내려다보면 그것은 마치 전복 껍질 모양이었다. 학자들이 조사한 결과, 이 지붕은 매우 중요한 역할을 했다. 낮에는 광합성 작용을 했고, 밤에는 내부의 열 에너지와 수분이 방출되는 것을 막았던 것이다.

이후 에코반은 50여 년 간 쉬지 않고 자라났다. 그 사이 에코반 건설에 참여한 많은 과학자와 권력자, 자본가 들이 노환과 추위와 방사능으로 죽어갔다. 에코반 프로젝트는 비밀리에 그 자손에게 전해졌다.

씨앗을 뿌린 지 57년이 지난 어느 날, 2세대 과학자들은 에코반의 성장이 더뎌지고 있음을 알게 되었다. 그동안 지하의 물을 흡수하는 튜브의 지름은 600미터나 되었고, 에코반의 몸통은 지름 12킬로미터, 높이 800미터까지 자라나 있었다.

2099년. 지구에는 더 이상 햇빛이 들지 않았다. 이제 지구상에 살아남은 인류는 100만 명이 조금 넘었다. 시간이 없었다. 과학자들은 그해 4월 13일, 2세대 권력자와 자본가들을 대동하고 서둘러 에코반을 정찰했다. 결과는 만족스러웠다. 에코반은 도시의 모든 시설을 완벽하게 갖추고 있었다. 갓 완공된 아파트처럼 전등이나 상하수도, 엘리베이터, 실내 장식 등 실제 생활에 필요한 부대 시설만 설치하면 당장 사람이 사는 데 아무 지장이 없을 것 같았다.

각종 장비와 건설 자재들이 빠르게 시실 섬으로 옮겨졌다. 과학자와 권력자와 자본가 들은 숙련된 건설 인부를 뽑아 섬에 투입했다. 1년 뒤, 드디어 눈부신 인공 도시가 탄생했다.

가장 먼저 시실 섬으로 입주한 이들은 과학자들이었다. 그들은 시설을 점검했고, 미흡한 부분을 고쳐 나갔다. 그리고 에코반 호수 중앙에 '델로스 타워'라 부르는 높이 1,000미터짜리 거대한 에너지 탑을 세웠다. 델로스 타워는 에코반의 심장이나 마찬가지였다. 모든 에너지를 이곳에서 생성하고 방출했다. 당연히 도시를 움직이는 중요 기기와 중앙 통제 컴퓨터도 이곳에 자리잡았다. 도시를 관리하는 총독실, 안보회의실, 장관실 등도 델로스 타워 안에 위치했다.

과학자들은 에코반의 인구를 2만 명으로 한정하기로 했다. 에코반이 더 이상 성장하지 않으리라 예상하고 내린 결론이었다. 몇 달 뒤, 엄격한 심사를 거쳐 1,000여 명이 에코반으로 이주했다. 이들은 방사능에 피폭된 적이 없고 신체적 결함이 없는 완전무결한 사람들이었다. 심사 과정은 매우 엄격했다. 과학자일지라도 방사능 피폭 경험이 있으면 제외되었다. 그들은 억울함을 호소했지만 '청결한 인류 보존' 이라는 대명제에 떠밀려 물러나야 했다.

입주가 거의 다 끝나갈 무렵 예상했던 문제가 불거졌다. 에코반에 관한 소문이 퍼지면서 세계 곳곳에서 겨우겨우 생명을 부지하던 사람들이 시실 섬으로 몰려온 것이다. 에코반의 새로운 지배자로 떠오른 과학자와 권력자, 자본가 들은 그들이 들어오는 것을 철저히 막았다.

그러나 처음에는 강제성이 없다보니 아무리 막으려 해도 몰래 숨어드는 사람의 숫자가 점점 늘어갔다. 문제는 그들 밀입자들은 질병에 걸려 있고, 그 전염 가능성도 매우 높다는 것이었다. 지도부는 상의 끝에 '에코반 경비대' 를 설립했다. 그들은 에코반의 경비와 치안을 맡게 되었다.

경비대의 활약은 눈부셨다. 그들은 낡은 어선이나 유조선 등을 타고 겨우 섬에 도착한 사람들을 매몰차게 추방했다. 또 에코반으로 몰래 숨어드는 사람을 적발하면 가차없이 처형했다. 그러나 100여 명의 경비병들로는 쏟아져 들어오는 난민들을 모두 제어할 수 없었다. 결국 지도부는 난민들을 수용하기로 결정했다. 그렇게 해서 난민들은 자신들이 타고 온 배를 개조해 섬 여기저기에 가까스로 정착할 수 있었다. 그들은 자신들의 거주지를 '마르(Marr)'라고 이름 붙였다.

두 달도 안 되어 마르에 거주하는 난민의 숫자가 1만 명을 넘어섰다. 지도부는 이들을 두 가지 시각으로 바라보았다. 난민들을 잘 활용하면 자신들이 필요로 하는 노동력을 얻을 수 있겠다고도 생각했지만, 다른 한편으로는 자칫 잘못하면 엄청난 적대 세력이 될지도 모른다고 우려했던 것이다.

에코반 지배자들은 물과 식량으로 그들을 지배했다. 마르 지역의 난민들이 조금만 이상한 낌새를 보이면 즉각 물과 식량 공급을 중단했다. 바다까지 오염되어 식수와 식량을 얻을 수 없었던 난민들은 서서히 에코반의 노예로 전락해 갔다.

그로부터 30여 년이 지난 2131년, 에코반은 최대의 위기를 맞는다. 무한대로 얻을 수 있을 것 같던 오염 물질이 고갈되면서 에너지 출력이 급격히 떨어진 것이다. 설상가상으로 지구가 빠르게 제 모습을 되찾아가고 있었다. 과학자들은 시민들 몰래 지구 곳곳을 관찰한 뒤 "10년 내에 지구를 뒤덮고 있는 먹구름이 사라지고, 대지에 새 생명이 자랄 것이다"라고 보고했다.

에코반의 지배자들은 과학자들의 보고서를 덮어버렸다. 100여 년에 걸쳐 힘겹게 완성한 에코반을 잃고 싶지 않았던 것이다. 깊숙이 들어앉은 권력욕과 지배욕이 그들의 양심을 짓눌렀다. 그들은 시민들에게 모든 사실을 감추고, 지구가 여전히 얼음 덩어리인 것처럼 호도했다. 오히려 인공 먹구름 만드는 법을 개발해 파랗게 제 모습을 되찾는 하늘을 가려버렸다.

문제는 에너지였다. 오염 물질이 줄어들면서 에코반의 에너지 사정은 점점 더 악화되었다. 이에 대비해 그들이 찾아낸 비책은 별게 아니었다. 지하에 남아 있는 석유나 천연가스를 태워 거기에서 나오는 오염 물질을 이용해 에너지원으로 삼는 것이었다.

또다른 문제는 양심 있는 과학자들의 태도였다. 분별력 있는 과학자들은 이제 에코반 위에 떠 있는 인공 먹구름을 걷어내고, 이곳을 떠나야 한다고 주장했다. 하지만 지배자들은 그들의 말을 철저히 무시했다. 나중에는 그들을 극비리에 추방

하거나 처형하기까지 했다.

그렇지만 세상의 모든 비밀은 언젠가 밝혀지는 법. 에코반의 비밀 또한 마찬가지였다. 한때 노아의 방주로 생각되던 에코반은 지배자들의 들끓는 지배 욕망 때문에 점점 더 파멸의 길로 나아가고 있었다. 이야기는 에코반이 에너지 위기를 겪기 시작한 지 10여 년이 지난 후부터 시작된다.

엇갈린 세 사람

1

에코반과 마르 1

마르 16구역에서 검은 연기가 치솟고 있었다. 이곳은 시실 섬에서 유일한 유전 지역이었다. 대형 송유관과 거대한 구조물들 때문에 멀리서 보면 마르 16구역은 마치 복잡한 기계 내부를 연상시켰다.

마르의 건장한 남성들이 그 안에서 땀을 흘리고 있었다. 음산한 먹구름이 금방이라도 그들을 뒤덮을 듯 낮게 깔려 있었다. 가스를 뽑아내는 배기공에서 검붉은 불기둥이 뿜어져 나올 때마다 땀에 젖은 마르인들의 얼굴이 번들거렸다. 마르인들의 외모는 추하고 기괴했다. 방사능에 오염된 탓일까? 입과 눈이 뒤틀리거나 코가 뭉개진 사람도 언뜻언뜻 보였다.

폭발음과 함께 시뻘건 불꽃이 터져 나올 때마다 마르인들은 깜짝깜짝 놀라는 표정을 지었다. 꽤 오랫동안 유전 지역에서 일해 왔지만 간헐적으로 터지는 폭발음은 여전히 두려운 모양이다.

가스관에서 또다시 불기둥이 폭발하자 조장인 듯한 키가 큰 사내가 기다렸다는 듯 외쳤다.

"3조, 3조. 더 당겨봐!"

그 말에 따라 마르인들은 대형 파이프에 연결된 쇠줄을 힘껏 잡아당겼다. 파이프의 위쪽이 서서히 고개를 들자 다른 쪽에서 누군가 목소리를 높였다.

"4조도 당겨. 당기라구!"

하지만 거대한 파이프는 좀처럼 바로 서지 않았다. 사람들은 근육을 불끈거리며 있는 힘껏 또 한 번 잡아당겼다. 그러나 대형 파이프는 위험스럽게 흔들릴 뿐 여전히 똑바로 서지 않았다. 누가 보더라도 위태롭기 짝이 없는 모습이었다.

엘리베이터를 타고 내려오다가 그 광경을 본 제이의 표정이 굳어졌다. 5층에서 엘리베이터가 정지하자 그는 넓은 복도로 뛰어내렸다. 그의 짧은 머리가 살짝 찰랑거렸다. 작업장을 한눈에 내려다볼 수 있는 지휘소가 저 앞에

있었다.

비쩍 마른 부관이 이맛살을 찌푸린 채 공사 현장을 내려다보고 있다가 지휘소로 뛰어드는 제이를 쏘아보았다.

"뭔가?"

부관이 작은 눈을 찡그리며 짜증스럽게 물었다. 제이는 경례부터 올려붙였다. 부관이 무시하듯 고개만 살짝 끄덕였다.

제이는 부동자세를 취하며 큰 소리로 말했다.

"작업 상황이 불안해 보입니다. 이대로 강행하기에는 무리가 있습니다."

부관은 기가 막히다는 듯 바짝 말라 있는 입술을 실룩이며 제이를 쳐다보았다.

"뭐라고? 무리라고 했나?"

입술을 깨물고 있는 제이를 보며 부관이 덧붙였다.

"자세히 보고 얘기해. 뭘 알고 얘기하란 말야. 저기 좀 보라구!"

제이는 부관 옆에 서서 공사장을 내려다보았다. 크레인이 비스듬히 서 있는 파이프를 들어올리고 있었다. 크레인 앞에서 인부 한 명이 빨간 깃발과 하얀 깃발로 크레인 기사에게 신호를 보냈다. 신호에 따라 크레인이 파이프를 좌우로, 아래위로 느릿느릿 움직였다.

제이는 마음이 조마조마했다. 크레인의 움직임이 마치 가는 줄 위에 서서 재롱을 피우는 서툰 광대 같다. 크레인 위에서 쉴 새 없이 번쩍거리는 경광등이 마치 위험을 알리는 신호처럼 보였다.

제이는 더 이상 두고 볼 수 없다는 듯 단호하게 말했다.

"큰일납니다. 당장 중지시키십시오!"

"자네, 지금 내게 명령하는 건가? 저것들은 부려야 할 짐승이지, 애완동물이 아냐! 에코반의 에너지를 빨리 보충하지 않으면 언제 끝장날지 모른다는 사실을 귀관은 모르나?"

부관의 말에 제이는 화난 표정을 지었다. 하지만 부관은 제이 따위는 안중에도 없다는 듯 다시 공사 현장으로 눈길을 돌렸다.

그때 아래쪽에서 이상한 소리가 들려왔다. 제이는 침을 삼키며 소리가 나는 쪽을 내려다보았다. 느리게 움직이는 크레인의 캐터필러에서 나는 소리였다. 크레인이 움직일 때마다 '끼이 끼이' 하는 소리가 힘겹게 흘러나왔다. 크레인 끝에서 대형 파이프가 불안하게 대롱거렸다.

한순간 제이는 자기 눈을 의심했다. 뚝 소리와 함께 대롱거리던 대형 파이프의 한쪽이 갑자기 아래로 처졌다. 강철 고리가 끊긴 것이다. 밑에서 대형 파이프와 연결된 쇠줄을 잡고 있는 인부 서너 명이 겁에 질려 뒤로 물러섰다. 파이프는 순식간에 아래로 곤두박질쳤다.

제이는 놀란 얼굴로 부관을 돌아다보았다. 부관은 얼굴을 잔뜩 일그러뜨린 채 중얼거렸다.

"빌어먹을……. 밥값도 못하는 놈들!"

파이프가 떨어지자 자욱하게 먼지가 일며 땅이 흔들렸다. 먼지 사이로 버팀대와 쇠 파편 몇 개가 무너져 내렸다. 그것은 시작에 불과했다. 마치 도미노 게임처럼 버팀대들이 맥없이 연달아 주저앉았고 인부들은 놀란 개미처럼 사방으로 흩어졌다. 비명 소리가 여기저기에서 터져 나왔다. 미처 도망치지 못하고 버팀대와 쇠 파편에 깔리는 사람들의 몰골은 지옥을 연상시켰다.

제이는 주먹을 쥔 채 부르르 떨었다. 부관은 달랐다. 그의 표정은 밀랍인형처럼 차가웠다. 불꽃놀이를 즐기듯 아무 표정 없이 아수라장이 된 공사장을 내려다보며 중얼거리기까지 했다.

"전부 시간 낭비야. 모조리 폭파해서 태워버리는 게 낫지. 벌레만도 못한 놈들……."

제이가 벌겋게 상기된 얼굴로 입술을 깨물고 있는데 작

업 감독이 조수와 함께 지휘소로 뛰어들며 소리쳤다.

"부관님!"

감독은 부관의 발목을 부여잡으며 무릎을 꿇었다. 깜짝 놀란 경비병이 재빨리 달려와 감독의 목덜미를 잡아당겼다. 부관이 눈짓을 보내자 경비병이 뒤로 물러섰다. 감독의 옷 여기저기에는 흙탕물이 곰팡이처럼 번져 있었다.

"빨리 경보를 내려주세요! 모두 대피시켜야 합니다! 이러다가는 죄다 죽고 맙니다!"

감독의 말을 못 들은 척, 부관은 대답이 없었다. 잠시 감독을 내려다보던 부관은 비웃듯 하얀 이를 내보이고는 다시 작업장 쪽으로 눈길을 돌렸다. 여전히 화염이 솟구치고 있었고, 구조물이 계속 무너지며 사람과 장비들을 뒤덮었다.

부관은 고개를 돌려 감독에게 가까이 오라고 손짓했다. 제이는 불안한 얼굴로 부관과 감독의 얼굴을 번갈아 쳐다보았다.

부관이 다가온 감독에게 차가운 목소리로 말했다.

"당장 가서 분리 스위치 올려!"

감독이 놀라서 고개를 번쩍 들었다. 그 말은 유전 지역을 완전히 붕괴시키라는 뜻이었다.

"네에? 안 돼요! 지금 저 밑에 수백 명이 있어요!"

부관은 도끼눈을 하고 감독을 노려보았다. 그리고 눈 깜짝할 사이에 구둣발로 감독의 옆구리를 걷어찼다. '헉' 소리를 내며 감독이 옆으로 고꾸라졌다. 부들부들 떨던 조수가 그를 부축해 일으켰다. 고개를 떨군 채 분노를 삼키는 감독의 눈에서 눈물이 흘러내렸다.

부관이 단호한 어투로 명령했다.

"네 놈 의견을 물은 게 아냐! 입 닥치고 빨리 가서 스위치 올려!"

"그, 그건, 주 죽어도 못 해요!"

감독은 울음 섞인 목소리로 간신히 대답했다.

"죽어도? 죽어도 못 한다고 했나?"

부관은 이상야릇한 웃음을 띠며 감독을 내려다보다가 갑자기 제이 쪽으로 고개를 돌렸다.

"저놈 소원을 들어줘라!"

제이는 미동도 하지 않은 채 대꾸했다.

"그건 제 임무가 아닙니……."

제이의 말이 채 끝나기도 전에 갑자기 감독이 허리춤에서 칼을 빼들어 부관을 겨누었다. 부관이 놀란 얼굴로 뒤로 물러섰다. 그 순간 '탕' 소리와 함께 감독의 칼이 바닥에 떨어졌다. 제이의 총에서 화약 연기가 가느다랗게 피어올랐다.

부관이 얼른 권총을 꺼내 총부리를 감독에게 겨누는가 싶더니 탄피가 공중으로 튕겨 오르며 감독의 머리에서 붉은 피가 솟구쳤다.

부관은 조수를 향해 총부리를 돌렸다.

"네가 대신 해야겠다. 빨리 분리해!"

조수는 부들부들 떨며 바깥으로 뛰어나갔다. 그리고 망치를 들고 중앙통제실로 들어가 분리 스위치를 덮고 있는 두꺼운 유리를 깨뜨렸다. 쨍그랑 소리와 함께 옆에 붙은 빨간 경광등이 앵앵거리며 요란하게 번쩍거렸다. 조수는 깨진 유리 사이로 떨리는 손을 넣고 분리 스위치를 눌렀다.

사방에서 우지끈 쿵쿵쾅쾅 하는 소리가 났다. 쇠들이 부딪히는 소리, 고리가 풀리면서 투툭거리는 소리, 사람들이 내지르는 비명이 어수선하게 뒤엉켰다. 작업장과 작업장을 연결하는 다리 모양의 구조물들도 맥없이 주저앉았다. 교각 역할을 하는 아름드리 기둥들이 좌우로 넘어지며 비명을 질렀다. 매캐한 가스 냄새와 연기, 뿌연 먼지가 진동을 했다. 곳곳에서 인부들이 비참한 모습으로 쓰러지고 아래로 떨어졌다. 처절한 비명 소리가 잿빛 하늘 아래에서 끝도 없이 울려 퍼졌다.

제이는 분노에 찬 눈길로 모래성처럼 무너져 내리는 거대한 유전 작업장을 바라보았다. 주먹을 꽉 그러쥔 그의 눈에서 파란 불꽃이 타올랐다.

뭐가 좋은지 연신 히죽거리던 부관이 제이의 차가운 눈길을 느끼고는 고개를 홱 돌렸다.

"명령에 복종하는 게 군인의 임무라는 사실을 잊은 건가? 지금 당장 에코반으로 귀대하도록!"

제이는 가타부타 말이 없었다. 머릿속에서는 할 말이 들끓었지만 단 한마디도 하기 싫었다. 가볍게 고개를 숙인 뒤 제이는 지휘소를 빠져나왔다.

제이가 사라지자 부관은 고개를 뒤로 젖히고 크게 웃음을 터뜨렸다.

"푸하하하……. 멋지군, 멋져! 더 화려한 쇼를 준비해야겠어."

제이는 바이크에 올라타고는 유전 지역을 벗어났다. 황무지 사이로 비에 젖은 길이 뱀처럼 번뜩거렸다. 제이는 앞을 노려보며 가속기를 잡아당겼다.

후두둑 후두둑. 빗방울이 굵어지고 있었다. 제이는 전조등을 켜며 중얼거렸다.

"나는 왜 매일 헛된 숨을 쉬고 있는 거지? 좋아하지 않는 사람들을 위해 무얼 하고 있는 거지?"

긴 터널을 지나자 시커먼 철제 다리가 나타났다. 제이는 또 한 번 가속기를 잡아당겼다가 완만하게 굽은 길을

돌면서 속도를 늦추었다. 기괴한 형태의 산을 지나 어두운 터널을 빠져나오자 눈앞에 에코반이 나타났다. 제이의 눈에 그것은 거대한 식충 식물처럼 보였다. 제이는 가속기를 더 세게 잡아당겼다.

에코반에는 여덟 방향으로 문이 나 있었다. 그 위에는 커다란 전복 모양의 지붕이 덮여 있었다. 에코반은 모든 환경이 인공(人工)이었다. 빛, 바람, 기온 모두 델로스 타워에서 조절했다. 인공 태양은 동서 양쪽에 한 개씩 있었는데, 지름이 500여 미터나 되었다. 인공 태양은 아침 여덟 시에 2킬로미터 상공에 떴다가 오후 다섯 시면 어김없이 꺼졌다.

에코반 중앙에 자리잡은 호수에는 늘 맑은 물이 찰랑거렸다. 호수는 에코반 시민들에게 매우 소중했다. 잉어, 쏘가리 같은 민물고기와 푸른 수초를 볼 수 있는 유일한 곳이었기 때문이다. 지름이 2킬로미터쯤 되는 호수 한가운데에 델로스 타워가 서 있었다. 타워는 멀리 위에서 내려다보면 마치 꽃의 암술처럼 보였다.

두꺼운 에코반 내벽에는 주거 지역과 업무 지역이 밀집

되어 있었다. 인공 도시답게 거리와 시설물은 단정하고 깔끔했다. 시민들은 엘리베이터나 에스컬레이터를 이용해 주거지와 근무지를 드나들었다.

경비대장 시몬은 델로스 타워 3층에서 일했다. 뒷머리를 질끈 동여맨 시몬은 의자에 기대앉은 채 앞에 서 있는 제이를 바라보았다. 유전 작업장에서 있었던 일을 보고하는 제이는 분노를 억누르고 있는 기색이 역력했다.

"대체 부관의 속셈은 뭐죠? 폭동을 바라는 건가요? 그는 미친 게 아니라면 악마가 분명해요. 오늘 행동은 분명히 학살이었어요!"

시몬은 눈가에 미소를 띠며 말했다.

"델로스 타워의 에너지 출력이 떨어지니까 어떻게든 오염을 늘리려 했던 것뿐이야."

시몬은 의자에서 일어나 제이에게 다가갔다. 짙은 눈썹, 떡 벌어진 어깨와 균형 잡힌 몸매 때문에 빈틈 없는 인상이었다.

시몬은 제이의 어깨에 두툼한 손을 올려놓으며 말했다.

"하지만 부관의 방식이 지나친 건 사실이야. 총독께 이의 신청을 해보도록 하지."

제이는 흥분을 가라앉히지 못했다.

"그래요. 항상 그런 식이죠. 우리가 이의를 신청하고 있는 사이에 저 밖에서는 마르인들의 시체가 쌓여가겠죠. 짐승만도 못한 벌레들이니까요!"

시몬이 얼굴을 일그러뜨리자 눈썹이 더욱 짙어 보였다.

"비약이 지나치다, 제이! 에코반을 잊으면 안 돼!"

목소리를 높였던 시몬은 제이와 눈이 마주치자 다시 눈빛을 누그러뜨렸다.

"동정심을 갖는 건 금물이야. 잘 알잖아? 우리는 맡은 일만 충실히……."

제이는 화가 났는지 등을 돌린 채 엘리베이터를 향해 걸어갔다. 그를 향해 시몬이 소리쳤다.

"나가서 동료들하고 어울려! 한잔 하다보면 기분이 좀 나아질 거야!"

엘리베이터 안에서 제이는 인공 태양을 올려다보았다. 눈이 부셨다. 손으로 그 빛을 가리자, 지붕 너머로 잿빛 하늘이 드러났다.

'저 하늘을 다시 푸르게 만들 수는 없는 걸까?'

하지만 에코반이 생긴 지 100년이 지나는 동안 어느 과학자도 이에 대해 명확한 해답을 내놓지 못했다고 생각하자 힘이 쭉 빠졌다.

호수를 둘러싼 에코반 광장에는 하루를 마감하는 행사

와 파티를 여는 사람들로 북적거렸다. 기분 전환을 하고 싶어 제이는 웃고 떠드는 사람들 사이로 슬그머니 끼어들었다. 그때 웅장한 종소리와 함께 어디선가 부드러운 여자의 목소리가 흘러나왔다.

"100여 년 전 오늘을 기억하십니까?

자원 고갈과 환경 오염으로 지구 멸망의 위기가 닥쳤을 때, 우리의 현명한 선조들은 위대한 선택을 했습니다.

오염된 환경을 자원으로 지상 최고의 유토피아 에코반을 건설했습니다. 이로써 우리는 살아남을 수 있게 된 것입니다."

제이는 웅웅거리는 소리를 흘려들으며 분수대 쪽으로 천천히 걸어갔다. 뒤이어 바리톤 음성의 남자가 엄숙하게 나섰다.

"에코반 시민 여러분! 오늘을 기억하십시오.

오늘은 우리의 조상들이 에코반에 도착한 지 41년째 되는 날입니다.

우리의 선조들은 혁신적인 기술과 숭고한 정신으로 이곳 시실 섬에 인류의 미래를 위한 터전을 마련했습니다.

개척과 희생 정신으로 무장한 우리의 조상들은 공해로 가득한 이 땅에서 몸을 바쳐 에코반을 건설했고, 41년 전 마침내 그 열매를 맛보았습니다. 우리는 부모 형제가 따

로 없는, 모두 한 가족입니다.

밖에 있는 마르인들을 보십시오. 방사능에 오염된 그들은 이미 인간이 아닙니다. 그들이 할 줄 아는 일은 그저 먹고 살기 위해서 몸부림치는 일뿐입니다.

지구상의 순수한 인간은 우리 에코반 시민들뿐입니다.

모두 100년 전의 감동을 생각하며, 100년 뒤의 미래를 생각합시다."

제이는 선전 방송이 오늘은 좀 유별나다고 생각했다. 자못 엄숙한데다 훈계조까지 들어 있었다. 하지만 상관없었다. 기분만 풀면 그만이었다.

분수대 뒤쪽에서 가면 쓴 사람들과 깃발 든 사람들이 제이 쪽으로 걸어왔다. 역사책에서 보던 청사초롱도 보이고, 큰그릇처럼 생긴 징이라는 타악기도 있었다. 사람들은 더 잘 보려고 깨금발을 하거나 옆사람을 밀치는 등 몹시 어수선했다.

험상궂은 사자탈과 누런 거죽을 뒤집어쓴 춤꾼들이 덩실덩실 어깨춤을 추며 앞쪽으로 나왔다. 제이는 사람들 틈에 끼어 행렬 쪽으로 다가섰다. 그때 누군가 제이의 어깨를 살짝 잡았다. 시몬이었다. 시몬의 입가에 엷은 웃음이 물려 있었다. 제이에게 낯설지 않은 웃음이었다. 10년 동안 시몬네 집에 얹혀 살면서 수도 없이 보아왔던, 하지만 늘 제이를 불안하게 만드는 그 웃음. 제이는 시몬의 웃음이 왜 자기를 불안하게 하는지 지금도 그 이유를 모르고 있었다.

제이는 내키지 않았지만 시몬과 나란히 서서 사자탈춤을 지켜보았다. 사자가 몸을 익살스럽게 뒤틀자 제이는 웃음을 터뜨렸다. 그러다가 문득 건너편의 한 사람과 눈이 마주쳤다. 하회탈을 쓴 남자였다.

그는 제이와 눈이 마주치자 여기저기 살피는 척했다. 제이는 그의 옆모습을 보며 이상야릇한 기분이 들었지만, 이상하게도 한편으로는 따뜻한 느낌도 전해져왔다.

시몬은 제이의 팔을 잡고 이끌다가 멈칫거렸다. 제이가 누군가를 뚫어지게 바라보고 있었기 때문이다. 제이의 시선을 따라가보니 그곳에 하회탈을 쓴 남자가 서 있었다. 시몬의 눈길을 느꼈는지 그 남자는 재빨리 사람들 사이로 몸을 감추었다. 시몬은 그의 뒷모습을 바라보며 물었다.

"누구야? 아는 사람이야?"

"……."

제이는 무언가 골똘히 생각하는 듯했다. 시몬은 분위기를 바꾸어볼 생각으로 제이의 어깨를 툭 쳤다.

"같이 한잔 하러 갈까?"

"아까 그 사람…… 어디선가 본 듯한 느낌이었어요."

"어디서 봤다구? 그냥 평범한 에코반 시민이겠지."

아무 말없이 생각에 잠긴 제이에게 시몬이 다시 말을 건넸다.

"제이, 당분간 외부 파견 근무보다는 내부 경비를 하는 게 좋지 않겠어?"

제이는 머리를 숙인 채 계속 묵묵부답이었다. 시몬은 이마로 흘러내린 머리칼을 쓸어 올리며 다정하게 말했다.

"파견 근무가 힘들고 거칠지?"

"피곤해요. 들어가겠어요."

제이는 싸늘하게 한마디 내뱉고는 이내 사람들 틈으로 사라졌다. 시몬은 축 처진 제이의 어깨를 바라보며 걱정스러운 표정을 지었다.

2. 침입자

델로스 타워 내 에너지 컨트롤 센터는 경비가 삼엄했다. 에코반의 모든 에너지를 공급하고 조정하는 이곳이 치명상을 입으면 에코반도 같은 피해를 입게 되어 있었다. 그러나 지난 100여 년 동안 비상 사태가 단 한 번도 발생하지 않아 경비는 초창기보다 많이 느슨해진 상태였다.

경비병 A-18은 수십 대의 모니터 앞에 앉아 상황을 살폈다. 모니터는 텅 빈 복도와 복잡한 기계실 내부, 외부로 통하는 환풍 통로 등을 동시에 비추었다. 세 대의 모니터에는 광장의 탈출 장면이 계속 흘러나왔다.

A-18은 하품을 하며 벽에 걸린 시계를 올려다보았다. 이제 7분만 있으면 교대 시간이었다. A-18은 뭐 먹을 게 없나 하고 뒤를 돌아보다가 깜짝 놀랐다. 하회탈을 쓰고 검은 코트를 입은 남자가 버티고 서 있었던 것이다. A-18은 일어서며 허리춤에서 권총을 뽑아 들었다. 그러나 탈을 쓴 침입자가 훨씬 빨랐다. 그는 곰처럼 A-18을 덮친 뒤 목의 급소를 가격했다. A-18의 목이 옆으로 툭 꺾였다.

침입자는 깜빡이는 녹색 경보 장치 스위치를 오프(off)로 바꾸고 조심스레 주위를 살폈다. 오른쪽에 델로스 타워 위쪽으로 올라가는 엘리베이터가 있었다. 그는 다람쥐처럼 빠르게 그쪽으로 이동했다.

델로스 타워 내부에서는 수많은 기계가 쉬지 않고 돌았지만 예상 외로 조용했다. 엘리베이터를 타고 탑 중간쯤에 자리한 중앙 통제실까지 올라온 침입자는 그곳을 지키고 있던 경비병 둘을 가볍게 처리한 뒤 투명한 물류관 안으로 들어섰다. 물류관은 자력(磁力)으로 물건이나 사람을 아래위로 이동시키는 통로였다. 하지만 밖에서 보면 관(管)이 보이지 않아, 20세기에서는 상상도 못할 시설이었다.

침입자가 물류관 안으로 발을 들여놓자 몸이 위로 둥실 떠올랐다. 침입자는 300여 미터쯤 올라간 뒤 기계와 컴퓨터가 가득한 에너지 컨트롤 룸으로 뛰어내렸다. 사방이

유리로 된 그 방에서는 에코반 시내가 한눈에 내려다보였다. 전복 껍질 모양의 지붕도 저 아래에 펼쳐져 있었다.

침입자는 여유 있는 손놀림으로 키보드를 조작했다. 22세기의 컴퓨터는 색깔과 음으로 접속했다. 그는 그 사실을 잘 아는 듯, 무슨 말인가를 주문처럼 중얼거렸다. 그러자 컴퓨터에 불이 들어오며 묘한 음이 흘러나왔다. 그 음에 맞추어 주변의 컴퓨터에도 불이 들어왔다 나갔다 했다.

갑자기 침입자의 앞쪽에 홀로그램 모니터가 뜨면서 영상이 보였다. 패스워드를 묻는 자막이었다. 침입자는 자신 있게 키보드를 두드렸지만 그 순간 불협화음이 나며 '접속 불가' 라는 자막이 떴다.

"이런!"

침입자는 허겁지겁 다시 키보드를 두드렸다. 하지만 상황은 달라지지 않았다. '접속 불가' 란 자막이 눈에 거슬리게 번쩍거릴 뿐이었다. 침입자는 고개를 쳐들고 무언가 골똘히 생각했다. 그때 갑자기 모니터가 온통 붉은색으로 바뀌었다.

거리에서는 여전히 사자탈춤 공연이 흥겹게 진행되고

있었다. 기분이 울적한 시몬은 신명 나는 공연으로 기분을 달래보려고 했지만 쉽지 않았다. 사자가 고개를 쳐들고 껑충 뛰어오르는 찰나, 손목에 찬 시몬의 통신기가 소리를 냈다. 시몬은 돌아서며 나지막이 말했다.

"시몬이다. 말하라."

"델로스 타워에 침입잡니다!"

통신기에서 숨가쁘게 말이 흘러나왔다.

시몬은 이맛살을 찌푸렸다. 그리고 믿지 못하겠다는 투로 물었다.

"침입자라고?"

"컨트롤 센터 경보 센서가 작동했습니다."

상황실의 보고는 급박했다. 시몬은 발을 재게 놀리면서 통신기에 대고 소리쳤다.

"경비대 출동시켜! 나도 곧 간다!"

제이는 침대에 누워 음악을 듣고 있다가 눈을 떴다. 탁자 위에 풀어놓은 통신기에서 다급한 경보가 울렸다. 빠르게 출동 복장을 갖추었다. 왠지 불안한 느낌이 들어 제이는 손으로 가볍게 목덜미를 두드렸다.

엘리베이터에 오르며 제이는 통제실과 접속했다.

"무슨 일인가?"

침입자는 안절부절못하며 다시 한 번 키보드를 두드렸다. 안타깝게도 이번에는 작동조차 하지 않았다.

"망할 놈의 기계. 말 좀 들어라, 말 좀!"

그가 키보드를 주먹으로 내리치자 더 큰 소리가 나며 '접속 불가' 라는 자막이 번쩍거렸다. 곧이어 요란한 비상벨 소리가 울려 퍼졌다. 당황한 침입자는 다급하게 주머니에서 작은 렌즈 모양의 스픽(투명한 미래의 디스켓)을 꺼내 컴퓨터 슬릿에 끼워 넣었다. 그리고 키보드를 몇 번 두드리자 감미로운 음악이 흘러나왔다.

아래쪽에서 요란한 소리가 들려왔다. 내려다보니 경비병 10여 명이 물류관을 타고 위로 올라오고 있었다. 침입자는 빠르게 몇 번 더 키보드를 두드렸다. 홀로그램 화면에 파일 이름이 몇 개 떠오르고 이어서 '복사 중' 이라는 자막이 나타났다.

에너지 컨트롤 센터에 들어선 시몬과 경비병들은 몸을 낮추며 주위를 살폈다.

"저기다!"

어느 틈에 침입자는 반대쪽 물류관을 타고 밑으로 내려가고 있었다. 시몬은 격앙된 목소리로 소리쳤다.

"물류관 작동을 중지시켜!"

경비병 한 명이 끼어들었다.

"그러면 저희도 이동이 불가능해집니다!"

시몬은 인상을 쓰며 멀어지는 침입자를 노려보았다. 그리고 단호한 목소리로 소리쳤다.

"3구역, 6구역의 환풍 통로를 차단하랏! 지금 즉시!"

시몬은 물류관 쪽으로 달려가며 중얼거렸다.

"쥐새끼가 가는 길이야 뻔하지."

침입자는 물류관에서 황급히 뛰어내린 뒤 오른쪽으로 난 좁고 어두운 통로로 들어섰다.

그 시간, 제이는 바이크를 타고 밖으로 달려 나오며 상황실과 교신했다.

"침입자는 지금 어디 있지?"

"3구역 쪽인 것 같습니다!"

3구역 쪽으로 방향을 돌리는 제이의 바이크 뒤로 바이크 두 대가 따라붙었다.

에코반의 공기를 정화하는 환풍 통로는 거미줄처럼 얽혀 있었다. 엑스레이로 찍으면 복잡한 혈관이나 식물의 줄기처럼 나타날 것 같았다.

침입자는 달음박질을 멈추고 가쁜 숨을 몰아쉬었다. 눈앞에 여러 갈래의 통로가 나타났던 것이다. 그가 주머니

에서 디지털 나침반을 꺼내 얼굴 가까이 대고 살피는데 갑자기 뒤에서 인기척이 났다. 그는 화급하게 오른쪽으로 뻗어 있는 통로로 뛰어들어 몸을 숨겼다. 그리고 다시 나침반을 꺼내 살폈다.

나침반을 주머니에 집어넣으며 침입자는 위쪽을 힐끗 쳐다보았다. 좁은 철제 계단이 매달려 있고, 그 위로 시커먼 통로가 보였다. 총을 뽑아 든 침입자는 민첩하게 그리로 뛰어올랐다.

구멍 위쪽으로 고개를 내밀던 침입자는 깜짝 놀랐다. 경비병의 발이 바로 눈앞에 있었다. 얼른 다시 밑으로 뛰어내리는데 총알이 빗발쳤다. 그는 몸을 굴려 반대쪽 통로로 뛰어들었다. 총알이 벽에 부딪히는 소리가 귓전을 울렸다.

침입자는 어두어둑한 환풍 통로 속을 빠르게 내달렸다. 중간중간에 공기 정화를 위해 심어놓은 풀들이 바깥쪽을 향해 흔들렸다. 침입자는 그곳에 몸을 숨긴 채 잠시 숨을 돌렸다. 대나무 잎처럼 생긴 풀잎에서는 비릿한 기름 냄새가 났다.

침입자는 추적을 따돌리기 위해 통로를 이리저리 옮겨 다녔다. 마침내 저 앞에 지름이 10미터쯤 되는 환풍기가 보였다. 환풍기 둘레에 촘촘히 달려 있는 톱니 모양의 날개가 커다란 소리를 내며 실내의 공기를 밖으로 토해내고 있었다. 침입자는 강한 바람에 끌려가지 않기 위해 다리에 잔뜩 힘을 주었다. 그곳으로는 도저히 밖으로 탈출할 수 없을 것 같았다.

침입자는 멈추어 있는 다른 환풍기를 찾기 위해서 뒤로 물러났다. 경비병들의 발소리가 또다시 어지럽게 들려왔다. 침입자는 위쪽에 난 좁은 통로로 기어올라 갔다. 다행히 아무도 없었다. 그러나 바닥에 물이 고여 있어 발걸음을 옮길 때마다 철퍽철퍽 소리가 났다. 오른쪽 통로로 들어서는데, 갑자기 손전등 불빛이 그를 비추었다. 그는 본능적으로 몸을 수그렸다. 어둠 속에서 경비병들의 가죽장화가 번쩍거렸다. 예닐곱 명은 되는 것 같았다. 탕탕 소리와 함께 화약 냄새가 진동을 했다. 총알이 츄츄 소리를 내며 얼굴 옆을 스쳐 지나갔다. 그는 뒤돌아 서서 힘차게 내달렸다. 총알이 치잇치잇거리며 뒤쫓아왔다.

두 번 방향을 틀자 또다른 환풍기가 나타났다. 역시 안쪽으로 날개가 촘촘히 박혀 있었지만, 회전 속도가 좀 느려 보였다. 침입자는 주머니에서 요요 모양의 작은 공명

장치를 꺼내, 그것을 환풍기 옆에 붙였다. 공명 장치가 잉잉 소리를 내며 작동하자 날개의 회전 속도가 눈에 띄게 느려졌다.

환풍기가 회전을 거의 멈출 무렵 경비병 한 명이 불쑥 뒤쪽에서 나타났다. 침입자는 바닥에 엎드리며 그를 겨냥했다. 경비병은 포대자루 넘어지듯 옆으로 쓰러졌다. 총소리에 경비병들이 몰려왔다. 또다시 탄환이 정신없이 그의 귓전을 스쳤다.

시몬은 부하들 사이에서 조준 사격을 하려고 했지만 어두워서 잘되지 않았다. 침입자는 쏟아지는 총알을 뚫고 침착하게 환풍기 날개를 타넘어 갔다. 그리고 손을 뻗어 공명 장치를 떼어냈다. 환풍기의 날개 속도가 다시 빨라졌다. 경비병들이 쏜 총알은 날개에 부딪히며 칭핑 칭핑 소리를 낼 뿐, 더 이상 침입자를 쫓지 못했다.

시몬은 손을 치켜들었다. 사격 중지 명령이었다.

"상황실, 31번 환풍기 꺼!"

화난 목소리였다. 환풍기가 서서히 회전을 멈추자 시몬이 툭 내뱉었다.

"쥐새끼 치고는 제법 괜찮은 솜씨군."

침입자는 세 번째 환풍기 앞에 도착했다. 이제 이곳만 통과하면 바깥이었다. 침입자는 다시 공명 장치를 붙였다. 날개가 회전을 멈추자, 그는 또다시 환풍구를 타고 넘어갔다. 그러나 밖은 예상 외로 낭떠러지였다. 오육십 미터는 족히 되어 보였다. 어떻게 할까 고민했지만 달리 방법이 없었다. 뛰어내리기에는 너무 위험했다.

하늘에는 짙은 먹구름이 끼어 있었고 부슬부슬 가랑비까지 뿌렸다. 그의 긴 외투가 금세 젖어들었다. 침입자는 벽에 둘러진 좁은 테를 밟고 조심조심 옆으로 이동했다. 10여 미터 떨어진 곳에 조금 작은 환풍기가 보였다. 이마에 진땀이 흘렀다. 벽을 잡은 손이 땀 때문인지, 빗물 때문인지 자꾸 미끄러져 내렸다. 그때마다 그의 입에서 후우, 후우 하는 소리가 새어 나왔다.

잠시 뒤 간신히 다른 환풍기에 도착한 침입자는 바깥벽에 공명 장치를 붙인 뒤 또 한 번 환풍기를 뛰어넘었다.

제이는 다른 경비병과 함께 빠르게 환풍 통로를 살펴 나갔다. 손목에 찬 통신기에서 상황실과 시몬의 무선 교신 내용이 새어나왔다.

"33번에서 목표물이 사라졌다!"

제이는 통신기에 대고 소리쳤다.

"여기는 제이. 33번 통로를 보여줘!"

작은 모니터에 통로와 이어진 타임캡슐실이 떠올랐다. 제이는 모니터를 끄고 재빨리 방향을 바꾸어 달리기 시작했다.

*

침입자는 네모난 환풍구 덮개를 살며시 밀친 뒤 어둑한 공간으로 기어들어 갔다. 사방을 두리번거려 보지만 어두워서 어떤 곳인지 짐작조차 할 수 없다. 그는 중앙에 있는 달팽이 모양의 계단 쪽으로 걸어갔다. 위에서 쏟아져 들어오는 빛 때문에 중앙은 조금 환했다.

어둠에 익숙해지자 침입자는 조심스레 주위를 살폈다. 낡은 도자기, 시커먼 가구, 묵직해 보이는 총, 둥근 축구공 등이 보였다. 소문으로만 듣던 타임캡슐실 같았다. 그곳은 일종의 박물관이었다. 그러나 오랫동안 폐쇄되어 있었는지 유물들은 뽀얗게 먼지를 뒤집어쓰고 있었다. 바닥에는 깨진 도자기 조각들이 널려 있었다.

침입자는 나선형 계단을 타고 3층 전시실로 올라갔다. 그곳에는 각종 지도와 함께, 종교와 관련된 각종 유물이 전시되어 있었다. 침입자는 조심조심 사위를 살폈다. 십자가를 등에 진 예수상과 의젓하게 앉아 있는 금빛 불상이 보였다. 한쪽 구석에는 두 손을 곱게 모은 성모 마리아 상도 있었다.

침입자는 난간에 기댔다. 몸이 천근만근 무거웠다. 다리를 쭉 뻗으며 탈을 벗자 땀에 흠뻑 젖은 얼굴이 드러났다. 갸름한 얼굴에 곱상한 이목구비를 가진 젊은이였다. 짙은 눈썹과 검은 눈동자 때문에 강단 있는 사람처럼 보였다.

타임캡슐실 출입구에서 제이는 비밀번호를 입력했다. '통제 구역' 이라는 글씨가 씌어 있는 문이 소리 없이 열렸다. 조심스레 들어서던 제이의 발에 무언가가 닿았다가 또록또록 소리를 내며 앞쪽으로 굴러갔다. 제이는 깜짝 놀라 몸을 낮추었다. 자세히 보니 깨진 도자기 조각이었다. 제이는 숨을 고르며 총을 잡은 손에 힘을 주었다.

숨을 몰아쉬고 있던 침입자는 이상한 소리를 듣고는 얼른 기둥 뒤로 몸을 숨겼다. 그리고 다시 탈을 뒤집어썼다.

제이가 1층 전시실을 샅샅이 뒤지고 막 빠져나올 때였다. 한쪽 구석에 누군가가 서 있는 것이 보였다. 제이는 재빨리 몸을 낮춘 채 구석을 살폈다. 한참을 노려보던 제이는 피식 웃음을 터뜨렸다. 옛날 절 입구에 서 있었다는 사천왕상이었다.

제이는 2층으로 올라가기 위해 나선형 계단으로 올라섰다. 그 순간 손목 통신기에서 소리가 흘러나왔다.

"여기는 상황실. 제이, 현재 위치를 보고하라!"

제이는 주위를 살피며 최대한 작은 소리로 답했다.

"여기는 타임캡슐실. 목표물을 찾은 것 같다."

상황실은 이쪽 상황을 전혀 파악하지 못한 듯했다. 짜랑짜랑한 목소리가 또다시 명령했다.

"제이, 대기하고 지원을 기다려라. 반복한다. 지원을 기다려라!"

제이는 대답하지 않고 통신기를 꺼버렸다. 위를 올려다보았다. 높은 천장에서 희미하게 빛이 새어 들어왔다. 심호흡을 한 뒤 다시 계단에 한 발 한 발 올려놓았다.

침입자는 3층 계단 입구에서 제이가 올라오기를 기다리고 있었다. 총소리를 내지 않고 해치우기 위해서였다.

3층 전시실에 발을 들여놓으며 제이는 침을 꿀꺽 삼켰다. 빠르게 좌우를 살폈다. 아무도 없었다. 제이는 불상과 예수상이 놓인 오른쪽 진열대 쪽으로 걸어갔다. 그때 불상 뒤에서 쑥 손이 뻗어 나왔다. 동시에 무언가가 제이의 머리 왼쪽에 와 닿았다. 둔탁한 느낌이었다.

제이는 고개를 돌리다가 흠칫 놀랐다. 하회탈을 쓴 남자가 자신에게 총을 겨누고 있었다. 제이는 두 손을 천천히 내려뜨렸다.

침입자는 제이에게 총을 버리라고 고갯짓했다. 상체를 구부리며 제이는 총을 바닥에 내려놓았다. 침입자는 제이를 한쪽으로 몰아세웠다. 희미한 빛 사이로 제이의 얼굴이 어렴풋하게 드러났다. 침입자가 갑자기 멈칫거리며 놀라는 듯했다.

제이는 마치 그 순간을 노리기라도 한 듯, 재빨리 총을 든 침입자의 손을 무릎으로 걷어찼다. 그리고 눈 깜짝하는 사이에 그의 팔목을 잡고 업어치기를 시도했다. 침입자는 방심한 듯 맥없이 바닥에 쓰러졌다. 그 바람에 탈이 벗겨지며 얼굴이 드러났다.

침입자는 바닥에 엎드려 신음을 뱉어냈다. 제이는 다가가 순식간에 그의 왼쪽 팔목에 수갑을 채우고, 나머지 한쪽을 자신의 오른쪽 팔목에 채웠다. 고분고분하게 있던 침입자가 갑자기 팔목을 잡아당겼다. 그 바람에 두 사람은 동시에 바닥으로 나뒹굴었다.

침입자는 구르며 바닥에 떨어진 총을 집어들었다. 제이도 얼른 몸을 일으켰다. 둘은 상대의 얼굴을 노려보다가 동시에 깜짝 놀랐다.

"수하?"

"제이?"

두 사람은 머릿속이 복잡했다. 어떻게 해야 할지 몰랐다. 그때 깜빡깜빡거리며 전시실 전등이 환해졌다. 아래쪽이 어수선해졌다. 경비병들이 몰려온 것 같았다.

"제이, 제이! 응답하라!"

누군가 명령하는 소리도 들렸다.

"출구부터 막고 수색해!"

시몬이었다. 수하와 제이는 아무 말도 하지 못하고 묘한 표정으로 서로를 바라보았다.

타앙!

수하가 권총의 방아쇠를 당겼다. 제이는 눈을 감았다. 경비병들이 뛰어 올라오는 소리가 요란했다. 제이가 눈을 떴을 때 수갑 줄이 끊어져 있었다. 수하는 창 쪽으로 뛰어가며 대형 유리창을 향해 총탄을 날렸다. 화려한 모자이크화가 새겨진 유리창이 산산조각 났다. 깨진 유리창 사이로 낮게 깔린 먹구름과 흩뿌리는 빗줄기가 보였다.

수하는 전시실 한쪽에 전시된 패러글라이더를 집어들고 창틀에 올라서서 뒤를 돌아보았다. 제이는 주저앉은 채 할 말을 잊은 듯 멍한 표정을 짓고 있다. 설핏 계단 쪽에서 경비병들의 머리가 보였다. 수하가 두 발을 박차자 몸이 공중으로 솟구쳤다.

시몬이 경비병들과 달려와 창문 아래를 내려다보았다.

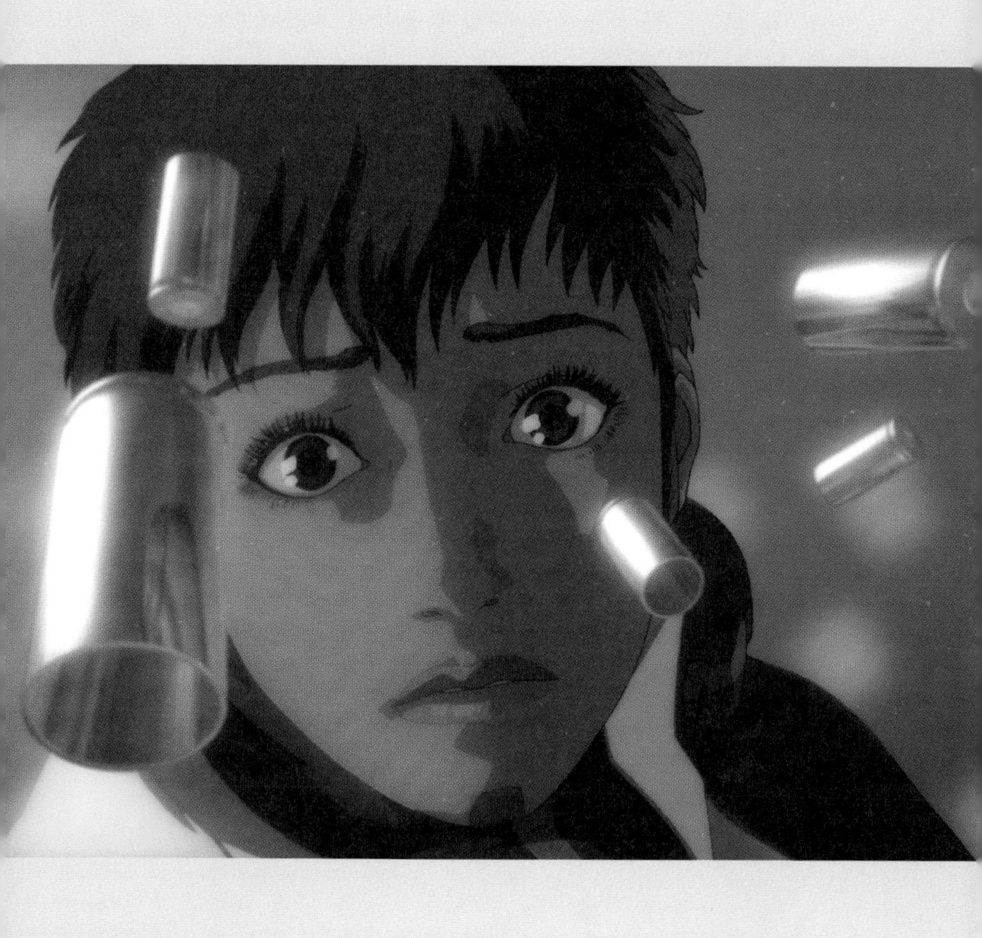

멀리 아래로 사라지는 패러글라이더가 동백꽃 같았다. 경비병 하나가 방아쇠를 당겼다. 뒤이어 다른 경비병들도 합세했다. 콩 볶는 소리와 함께 총알이 어둠 속으로 날아갔다. 그러나 패러글라이더는 마치 잠자리처럼 유유히 마르 쪽으로 멀어져갔다.

제이는 먼지를 털며 자리에서 일어섰다. 손목에서 수갑 한쪽이 달랑거렸다. 시몬이 걱정스러운 얼굴로 다가왔다.

"어디, 다친 데는 없나?"

"네."

제이는 얼빠진 표정으로 짧게 대답했다.

"어떻게 된 거야?"

제이는 대답 대신 고개를 떨구었다. 제이와 한 조가 되어 활동하는 에타가 나섰다.

"도대체 누가 여기까지……?"

시몬과 제이 사이에 서서 에타는 두 사람을 번갈아 쳐다보았다. 제이는 아직도 뭐가 뭔지 모르는 듯한 표정이었다.

10년 전 하늘 3

샤워실 벽에 기댄 제이의 몸 위로 뜨거운 물줄기가 흘러내렸다. 낮의 일이 꿈인 듯 몽롱했다. 눈을 감자 하회탈을 쓴 남자의 모습과 곱상한 수하의 얼굴이 번갈아 떠올랐다. 그리고 한 소년의 얼굴이 그 위에 겹쳤다.

제이는 젖은 머리칼을 뒤로 쓸어 넘기며 조용히 중얼거렸다.

"수 · 하, 살아 있었구나!"

10년 전, 제이와 수하는 소년단에서 활동했다. 에코반의 교육 제도는 독특했다. 초등학교에서 고등학교 과정까지 있었는데, 기간은 초등, 중등, 고등 과정이 각각 5년씩이었다. 학생들은 모두 의무적으로 소년단에 가입해서 자신이 에코반을 위해 무엇을 해야 하는지 교육받고, 총독에게 충성하는 법을 배웠다.

수하와 제이는 둘도 없는 친구였다. 과학자인 부모들끼리 친하다보니 어려서부터 단짝처럼 지냈다. 아직 어렸던 둘은 의좋은 남매처럼 서로를 위해주고 아껴주었다. 우연치 않은 이별이 찾아오기 전까지는.

어느 날 저녁, 수하가 제이를 광장으로 불러냈다. 그들이 호숫가 옆 벤치에 나란히 앉았을 때 인공 태양 빛이 천천히 식어가고 있었다.

수하는 주위를 살핀 뒤 뜬금없는 이야기를 꺼냈다.

"이건 비밀인데, 너만 알고 있어."

"뭔데?"

제이는 진지하게 수하의 눈을 들여다보았다. 수하가 숨을 들이마시며 작은 목소리로 말했다.

"하늘이 파랗게 되살아났대."

"하, 하늘이 살아났다고?"

수하는 얼른 제이의 입을 손으로 틀어막았다.

"쉿, 목소리가 너무 커!"

수하는 제이의 입에서 손을 떼며 낮에 자신이 들은 이야기를 해주었다.

낮잠을 자고 있는데 누군가 아빠를 찾아왔다. 조금 뒤 두런두런 어른들 말소리가 들려왔다. 수하는 살짝 눈을 뜨고 귀를 기울였다. 마침 문이 조금 열려 있었다.

"조 박사, 시민들에게 알립시다. 이제 지구가 정화되었으니 오염원으로 에코반을 유지시킬 이유가 없습니다. 이제 에코반은 폐쇄되어야 합니다."

한 남자가 격앙된 목소리로 말하자 좀더 굵은 목소리가 조심스럽게 맞장구를 쳤다.

"그래요. 지난 몇 달 간 제가 관측한 결과 이제 지구의 하늘은 의심할 여지없이 정화되었습니다. 총독에게 건의해서 에코반을 폐쇄해야 합니다."

"나도 여러분 의견에 동의합니다. 그러나……."

신중한 남자는 잠시 말을 멈추었다. 아버지 목소리 같아서 수하는 자리에서 일어나 밖을 내다보았다. 수하의 추측이 맞았다. 아버지가 계속해서 말했다.

"여러분도 알다시피 총독은 에코반 폐쇄를 원하지 않습니다. 그는 더 오래 이 도시를 지배하고 싶어하니까요. 함부로 나섰다가 우리 모두 낭패를 볼 수 있습니다. 좀더 신중하게 생각해 봅시다."

처음에 이야기를 시작한 남자가 약간 가라앉은 목소리로 다시 말했다.

"총독을 설득해야 합니다. 이제 에코반은 오염원이 다 떨어져 에너지도 얻을 수 없습니다. 더 이상 버틸 힘이 없어요. 10년 안에 시민들을 모두 섬 밖으로 떠나게 해야 합니다."

수하는 고개를 내밀고 사람들을 살폈다. 놀랍게도 거기에는 델로스 타워의 에너지 컨트롤 센터 책임자인 노아 박사가 있었다. 그는 텔레비전에 자주 나와 낯이 익었다. 제이 아버지도 함께였는데, 거실에 있는 사람은 아버지를 포함해 모두 다섯 명이었다.

수하는 후들거리는 다리에 힘을 주고 간신히 다시 침대에 누웠다. 누군가 또다시 입을 열었다.

"푸른 하늘로 돌아왔다는 걸 어떻게 확인할 수 있습니까?"

낮은 목소리가 대꾸했다.

"낮 12시 30분경에 지붕 위에 올라가면 됩니다. 그러면 아주 잠시 동안이지만 파란 하늘을 볼 수 있습니다."

사람들이 가려고 일어서는 소리가 들렸다. 수하는 이불을 뒤집어썼다. 가슴이 콩닥콩닥 뛰었다. 무언가 대단한 사실을 알게 된 듯했다.

수하는 제이의 눈치를 살피며 침을 꼴깍 삼켰다. 제이는 하늘을 올려다보았다. 희미한 어둠 너머로 먹구름이 짙게 끼어 있었다. 수하가 제이의 팔을 잡고 흔들었다.

"내일 같이 확인해 보지 않을래?"

제이는 망설이다가 마지못해 고개를 끄덕거렸다.

"그래, 올라가보자."

다음날, 수하와 제이는 점심 시간에 몰래 지붕 위로 올라갔다. 지붕으로 올라가는 일은 쉽지 않았다. 지름이 1.5미터쯤 되는 통로 안에 있는 계단을 밟고 100여 미터나 올라가야 했다. 지붕은 하나하나가 운동장만큼 넓었는데, 울퉁불퉁하고 군데군데 이끼가 끼어 있었다. 그리고 양쪽으로 비탈이 져 있어서 조금만 잘못하면 미끄러져 아래로 굴러떨어질 것 같았다.

수하와 제이는 편편한 곳에 자리잡고 서서 사방을 둘러보았다. 늘 그랬듯이 짙은 먹구름만 잔뜩 끼어 있고 푸른색이라고는 손바닥만큼도 보이지 않았다. 수하는 시계를 보았다. 12시 30분. 하지만 하늘에서는 아무 조짐도 보이지 않았다.

시간이 빠르게 지나갔다. 12시 50분. 하늘이 열린다는 시간이 지나갔다. 그리고 오후 수업이 시작되는 시간이었다.

"이제 그만 내려가자."

제이가 걱정스러운 얼굴로 말했다. 그렇지만 수하는 태연했다.

"조금만 더 기다려보자. 과학자들이 한 얘기니까 맞을 거야."

할 수 없었다. 제이는 수하를 따라 이마에 손을 댄 채 하늘을 살폈다. 그때 머리를 짧게 깎은 머리통 하나가 출입구에서 쑥 솟아올랐다. 제이는 놀라 두 눈을 동그랗게 떴다. 머리가 네모반듯하고 납작해 '깍두기' 라고 불리는 교관이었다.

깍두기의 얼굴에는 주름이 여러 개 잡혀 있었다. 그의 얼굴에 주름이 많다는 것은 그만큼 화가 많이 나 있다는 것이어서, 제이와 수하는 잔뜩 겁을 먹었다. 그러나 이내 안도의 한숨을 내쉬었다. 소년단장 시몬이 함께 나타났기 때문이다. 시몬은 수하와 제이의 2년 선배였는데 제이와는 잘 아는 사이였으므로 깍두기에게 잘 말해 줄 것 같았다.

깍두기가 씩씩거리며 소리쳤다.

"너희 둘, 지붕에 올라오면 학칙에 위배된다는 사실을 모르나?"

수하와 제이가 아무 대답을 하지 않자, 그의 눈이 도끼처럼 변했다.

"수업도 빼먹고 이게 뭐 하는 짓이야! 지금 당장 못 내려가!"

깍두기는 소년단에서 악명이 높았다. 학생들의 실수는 아무리 작은 것이라도 그냥 넘어가지 않았다. 그뿐만 아니라 툭하면 전자봉으로 학생들을 벌주었다. 지금도 그의 허리춤에는 30센티미터가 넘는 전자봉이 덜렁거렸다.

수하와 제이는 눈치를 살폈다. 그러면서도 푸른 하늘이 보이나 힐끔힐끔 하늘을 계속 올려다보았다. 깍두기가 버럭 소리를 질렀다.

"내 말이 말 같지 않아?"

그러고는 전자봉을 뽑아들었다. 수하와 제이는 뒤로 주춤주춤 물러섰다. 교관은 히죽히죽 웃으며 전자봉을 내밀었다.

"뭐야, 안 내려가고 연애라도 하겠다는 거야?"

"아, 아니에요. 그, 그냥……."

수하는 겁먹은 얼굴로 말했다. 제이는 수하 뒤로 몸을 숨겼다.

"아니긴 뭐가 아냐. 이놈들 매운맛 좀 봐야 똑바로 얘기할래!"

갑자기 깍두기가 전자봉을 수하 배에 갖다 댔다. 수하는 전기에 감전되어 몸을 비틀었다.

"이, 이러지 마, 마세요!"

수하는 울먹이며 손을 내저었다. 깍두기가 히죽거리며 내뱉었다.

"너희 같은 놈들은 좀더 따끔한 맛을 봐야 돼!"

그가 전자봉으로 수하의 배를 다시 쿡 질렀다. 수하는 마치 벼락 맞은 듯 두 손을 치켜들고 비명을 질렀다. 얼굴이 하얗게 변했고, 손과 발이 부들부들 떨렸다. 견디다 못해 수하는 그 자리에 털썩 주저앉았다.

깍두기가 발로 수하의 무릎을 걷어찼다. 그리고 뒤에서 있는 제이를 노려보았다.

"그만 하세요! 내려가면 될 거 아니에요!"

제이는 수하 앞으로 걸어나오며 두 팔을 벌렸다. 깍두기는 이미 이성을 잃은 것 같았다. 이번에는 전자봉을 제이의 얼굴에 겨누었다. 그 순간 교관 뒤에 서 있던 시몬이 끼어들었다.

"그만두세요! 제이는 안 돼요!"

깍두기는 고개를 돌려 시몬을 쏘아보았다. 그 순간 수하가 일어서며 깍두기의 옆구리를 힘껏 밀쳤다. 그 바람에 깍두기는 옆으로 나가 떨어졌다. 수하는 순간 자신이

큰 잘못을 저질렀음을 알아차리고 파랗게 질렸다. 뒤로 물러서다가 수하는 숨을 멈추었다. 사오십 미터나 되는 낭떠러지가 펼쳐져 있었던 것이다.

"도망가려고? 어디, 갈 테면 가봐."

깍두기는 몸을 툭툭 털며 일어나 히죽 웃었다. 그의 모습은 마치 토끼를 구석에 몰아넣고 있는 맹수 같았다. 제이가 다시 깍두기 앞을 가로막으며 앙칼지게 쏘아붙였다.

"그만 해요, 그만! 내려가면 되잖아요!"

제이의 얼굴이 두려움과 흥분으로 파르르 떨렸다.

"요 계집애. 너부터 혼내주마!"

깍두기는 제이의 목덜미를 낚아챘다. 제이가 비명을 질렀다. 그 틈을 타서 시몬이 슬그머니 바닥에 떨어진 전자봉을 주워 들었다. 깍두기가 제이의 뺨을 매몰차게 내갈겼다. 그때 시몬은 자기도 모르게 전자봉을 깍두기의 등에 갖다 댔다.

"으아아아, 이게 뭐야? 이게?"

깍두기는 제이를 팽개치고 몸을 부르르 떨었다. 시몬은 깍두기가 자신을 덮치려 하자 전자봉을 그의 얼굴에 갖다 댔다.

"아, 아악!"

깍두기가 두 손으로 얼굴을 감싸며 소리 질렀다. 하지

만 얼른 정신을 차린 후 두 팔을 벌리고 시몬을 덮쳤다. 그때 수하가 온몸을 날려 깍두기의 등을 떠밀었다. 깍두기는 맥없이 옆으로 넘어지며 지붕 위를 굴러갔다. 깍두기는 비명을 지르며 손으로 지붕을 잡으려고 했지만 소용이 없었다. 결국 수십 미터 아래로 곤두박질쳤다.

시몬은 들고 있던 전자봉을 툭 떨어뜨렸다. 수하는 흐릿한 눈으로 깍두기가 사라진 지붕 끝을 바라보았다. 저 아래 축 늘어진 깍두기가 보였다. 제이는 그 자리에 주저앉아 두 손으로 얼굴을 감쌌다.

다들 어떻게 해야 할지 몰라 아무 말도 못 하고 있는데, 수하가 떨구고 있던 고개를 들다가 깜짝 놀랐다. 그리고 짧게 감탄사를 토해냈다.

"하아!"

제이와 시몬은 의아스러운 얼굴로 수하의 눈길이 닿은 곳을 바라보았다. 동쪽 하늘 끝에 칼날처럼 시퍼런 띠가 보였다. 먹구름이 조금씩 조금씩 위로 밀려 올라가면서 파란 띠가 점점 더 넓어졌다.

수하는 눈이 부셔 뜨고 있을 수가 없었다. 황홀했다. 제이와 시몬도 넋을 잃은 채 눈을 감았다. 그러나 다시 눈을 떴을 때 파란 하늘은 감쪽같이 사라지고 없었다. 마치 꿈을 꾼 듯, 하늘에는 검은 장막 같은 먹구름만 잔뜩 끼어 있었다.

제정신으로 돌아온 수하가 시몬에게 물었다.

"이제 어떡하지?"

시몬은 굳은 표정으로 아무 말하지 않았다. 수하는 제이의 손을 잡았다. 그리고 제이를 출입구 속으로 밀어 넣고, 막 계단으로 내려서는데 시몬이 쌀쌀하게 말했다.

"조수하! 네가 범인이야! 네가 교관을 죽였어!"

수하는 답답한 마음으로 통로를 내려왔다. 그리고 다 빠져나온 뒤에 불쑥 말했다.

"나, 학교로 안 갈 거야!"

제이가 놀라서 말렸다.

"왜? 넌 잘못한 거 없잖아. 네가 죽인 게 아냐!"

수하는 잠시 생각했다. 그러나 역시 두려웠다.

"시몬이 아까 그랬어. 내가 범인이라고!"

"뭐라고?"

제이는 눈을 동그랗게 떴다. 수하는 더 할 말이 없다는 듯 집으로 향하는 도로로 뛰어나갔다.

수하가 사라지고 얼마쯤 지난 뒤 시몬이 제이 앞에 나타났다. 시몬은 전혀 다른 사람이 되어 있었다. 어느새 깨끗한 소년단장 복장이었다. 시몬은 환하게 웃으며 능청을 떨었다.

"수하는? 수하는 어디 갔지?"

제이는 시몬을 노려보았다.

"단장이 수하에게 범인이라고 했어?"

시몬의 얼굴이 싸늘하게 변했다. 하지만 바로 의미심장한 미소를 띠었다.

"내가? 내가 왜? 하지만 걔가 깍두기를 밀어서 죽인 건 사실이잖아!"

제이는 시몬을 뒤로한 채 두 손으로 눈물을 닦으며 학교로 달려갔다.

다음날 제이는 지붕 위에서 있었던 일을 사실 그대로 담임 선생님에게 말했다. 하지만 소용이 없었다. 그리고 며칠 뒤에는 수하네 가족과 노아 박사가 반역죄로 총살되었다는 소문이 학교 안에 쫙 퍼졌다. 제이는 믿을 수가 없었다. 하지만 확인할 길도 없었다.

그 뒤 에코반에서 노아 박사나 수하를 본 사람이 없었으므로 그 소문은 몇 년 지나지 않아 사실이 되어버렸다.

제이는 수건으로 젖은 몸을 닦았다. 수하의 얼굴과 탈을 쓴 남자의 얼굴이 사라졌다. 거실로 나와 멍한 얼굴로 거리를 내다보았다. 요란한 음악에 맞추어 탈춤을 추는 행렬이 보였다. 그들 위로 어지럽게 종이 꽃가루가 흩날렸다.

기분이 조금은 나아진 것 같았다. 제이는 리모컨을 이용해 커튼을 치고 고무신 모양의 침대에 들어가 누웠다. 쉽게 잠이 오지 않았다. 제이는 조금 전에 본 꽃가루를 떠올렸다.

'언젠가 내게도 그렇게 즐거운 날이 올까?'

또다시 슬픈 기분이 들었다. 제이는 조용히 눈을 감았다.

제이는 알 수 없었지만 그날 수하에게는 좋지 않은 일이 연달아 일어났다.

제이와 헤어진 뒤 수하는 집으로 달려가다 공중 화장실에 들러 얼굴을 씻었다. 옷매무새를 다듬고 나니 큰일을 겪은 사람 같지 않았다. 수하는 태연히 집으로 향했다. 신고나 자수를 하더라도 아버지와 상의를 한 뒤 해야 할 것 같았다. 마침 오늘은 아버지가 집에서 근무하는 날이었다.

수하는 초조하게 엘리베이터가 내려오기를 기다렸다. 그런데 이상했다. 엘리베이터가 수하네 집이 있는 7층에 멈춰서 내려올 줄을 몰랐다. 할 수 없이 계단으로 걸어 올라가기로 했다.

계단은 인공 태양 빛이 들지 않아 컴컴했다. 조심조심 한 발 한 발 올라서는데, 위쪽이 소란스러웠다. 수하는 걸음을 멈추었다. 어쩐지 이상한 느낌이 들었다. 수하는 다시 1층으로 뛰어내려 왔다. 출입구에 다 왔을 때였다. 엘리베이터 문이 열리며 어깨가 떡 벌어진 경비병 둘이 누군가를 끌고 내렸다.

어둠 속에서 상황을 살피던 수하는 하마터면 "아빠!" 하고 소리를 지를 뻔했다. 아버지와 어머니가 수갑을 찬 채 엘리베이터에서 내렸다. 두 사람은 어깨를 축 늘어뜨린 채 고개를 떨구고 있었다.

"빨리빨리 움직여!"

얼굴이 각지고 염소 수염을 단 경비대 간부가 아버지, 어머니를 붙잡고 있는 부하들을 재촉했다. 수하는 부르르 몸을 떨며 그 자리에 주저앉았다. 소리 죽여 울먹이고 있는 수하의 귀에 차에 올라타며 간부가 외치는 소리가 들렸다.

"빨리, 이제 노아 박사 사무실로 가도록!"

수하는 자리에서 벌떡 일어나서 한쪽 벽에 있는 전화 부스로 달려갔다. 교환원이 상냥하게 응답했다. 수하는 델로스 타워의 노아 박사를 연결해 달라고 부탁했다. 삐익 삐익 신호가 몇 번 가더니 누군가 전화를 받았다. 수하는 전화 받은 사람이 누구인지도 확인하지 않고 떠들었다.

"저, 저는 조인모 박사 아들 수하인데요. 아, 아빠가 체포됐어요."

상대방은 깜짝 놀란 것 같았다. 말소리가 떨리는 게 느껴졌다.

"너 지금 어디 있니?"

다행히 노아 박사인 것 같았다.

"저희 집 엘리베이터 옆 계단이에요. 아저씨, 빨리 피하세요. 지금 경비대가 그리로 가고 있단 말예요."

수하는 어느새 정신을 차리고 또렷하게 말했다.

"고맙다. 지금 당장 7번 출입구 쪽으로 오도록 해라. 나도 곧 그리로 가마!"

그곳은 수하네 집에서 가장 가까운 곳에 있는 에코반 출입구였다.

수하는 슬금슬금 눈치를 살피며 거리로 나왔다. 사람들은 보통 때와 다름없이 활기차게 움직였다. 수하는 믿어지지 않았다. 이렇게 세상은 평온한데 왜 자신의 부모가 잡혀갔는지 이해할 수 없었다. 수하는 뛰다가 걷다가 하면서 겨우 7번 출입구에 도착했다.

웬일인지 경비가 삼엄해진 듯했다. 평소에는 두 명이었던 경비병이 네 명으로 늘어나 있었고, 한 경비병이 누군가와 바쁘게 교신을 하고 있었다.

수하가 잠시 상점 앞에서 서성거리는데, 검은 안경을 쓰고 키가 작달막한 사람이 다가왔다. 그가 선글라스를 벗었다. 넓은 이마와 주먹코, 그리고 유난히 큰 눈. 분명 텔레비전에서 보았던 노아 박사였다.

노아 박사는 수하를 골목으로 데리고 가 바이크 뒷자리에 앉혔다. 두 사람이 앉자 좌석은 비좁았다.

"꽉 잡아라! 이제 우리는 에코반을 벗어나는 거다."

수하는 두 눈을 꼭 감고 노아 박사의 허리를 부둥켜안았다. 그 허리를 놓치면 아무 데도 갈 곳이 없을 것 같았다. 수하의 눈에서 눈물이 줄줄 흘러내렸다.

노아 박사는 바이크의 시동을 건 뒤 가속기를 힘껏 잡아당겼다. 눈 깜짝할 사이였다. 노아 박사와 수하가 탄 바이크가 경비병 사이를 뚫고 에코반 바깥으로 빠져나갔다. 뒤늦게 총소리가 울려 퍼졌지만 소용이 없었다.

노아 박사는 마치 선수처럼 노련하게 바이크를 몰았다. 커브 길에서도 속도를 거의 줄이지 않았다. 철교를 건너고, 터널과 거친 비탈길을 지나자 멀리 마르 지역이 어슴푸레하게 눈에 들어왔다. 비가 추적추적 흩뿌리기 시작하며 두 사람을 적셨다.

두 사람이 탄 바이크는 두더지처럼 슬며시 마르 지역으로 스며들었다.

4 마르 작전

바닷가 모래밭에서 잿빛 파도가 말갈기처럼 넘실거렸다. 뿌연 하늘 너머로 붉은빛이 희미하게 감돌았다. 파도는 쉴 새 없이 바닷가로 기어올라 왔다가 다시 흘러내려 갔다. 물에는 허연 배를 드러낸 채 죽은 물고기와 갖가지 쓰레기들이 어지럽게 떠다녔다.

수하는 잠수정 내부에서 잠망경을 움직이며 무언가를 열심히 살피고 있었다. 머리가 희끗희끗한 노아 박사는 한쪽 구석에서 컴퓨터를 이용해 무언가 열심히 살폈다. 모니터의 글자가 잘 안 보이는지 그는 연신 알이 두꺼운 안경을 치켜올렸다.

3년 전 노아 박사가 거둔 고아 소녀 카렌은 출입구 옆에 있는 의자에 앉아 졸고 있었다. 카렌은 아홉 살배기 치고는 키가 작았지만, 머리를 치렁치렁 늘어뜨려 제법 성숙해 보였다. 카렌은 귀가 길쭉하고 코끝이 뾰족한 애완동물 페토를 꼭 끌어안고 있었다.

10년 전, 수하와 노아 박사는 마르 지역으로 숨어든 뒤 육지에서 온 사람들처럼 굴었다. 그리고 이내 버려진 잠수정과 폐선을 구해 숙소 겸 연구실로 쓰고 있었다.

"그거 하나 조용히 해결 못 해서 그 난리를 피웠냐?"

노아 박사가 불만스럽게 물었다.

"그러니까 제게 시키지 말고 박사님이 직접 가시라고 했잖아요!"

수하는 장난스러운 말투로 받아넘겼다.

"복사해 온 스픽이나 이리 내! 에코반을 들쑤셔놓았으니 이제 놈들이 혈안이 되어 뒤지겠군……. 우리가 선수를 쳐야 하는데 말야."

수하는 품안에서 조심스럽게 스픽을 꺼냈다. 노아 박사가 스픽을 건네받으며 중얼거렸다.

"어디 보자. 그동안 뭐가 달라졌는지……. 산은 옛 산인데 물은 새 물이겠지."

스픽을 넣고 컴퓨터를 조작하자 홀로그램 모니터에 신

호들이 나타났다.

"오호라, 델로스 타워가 이제 먹을 게 별로 없군, 그래. 놈들이 난리를 피우는 이유를 알겠어."

조용히 잠망경을 들여다보고 있던 수하가 걱정스럽게 물었다.

"델로스 타워의 에너지가 떨어지면 어떻게 되는 거죠?"

노아 박사가 기다렸다는 듯 웃으며 말했다.

"네가 그렇게 보고 싶어하는 파란 하늘이 보이지."

"먹구름이 걷히면 정말 파란 하늘을 볼 수 있는 건가요?"

수하는 다시 잠망경에 눈을 갖다 대며 물었다. 노아 박사가 짓궂은 어조로 말했다.

"너도 옛날에 봤다고 했잖아!"

"저는…… 그게 꿈이 아니었나 싶어요."

향수에 잠긴 듯 수하의 목소리가 가라앉았다.

노아 박사는 다시 컴퓨터 키보드를 부지런히 두드렸다. 수하는 카렌 쪽으로 걸어가면서 말했다.

"그런데 에너지가 계속 떨어지면 에코반은 어떻게 되는 거죠?"

노아 박사가 의자에서 일어섰다.

"모든 것이 정지되지. 그것은 총독이나 부관이 권력을

잃는다는 뜻이고 모든 사람이 이 섬을 떠나야 한다는 말이란다."

수하는 놀라는 표정을 지었다.

"스픽 안에 그렇게 놀라운 일을 터뜨릴 만한 정보가 들어 있는 거예요?"

"그래, 맞다!"

노아 박사는 만족스러운지 웃음을 거두지 않았다.

수하는 출입구로 나서다 말고 노아 박사를 다시 돌아다보았다.

"참, 오늘 거기에서 그 아이를 만났어요."

"누구?"

"옛날 친구, 제이요!"

"제이라구?"

노아 박사의 얼굴에서 웃음기가 싹 가셨다. 그리고 무언가 생각난 듯 그가 충고했다.

"이 녀석아, 그새 잊었어? 그 아이는 네 원수야. 제이 아버지가 너희 아버지를 고발해서 어떤 일이 일어났는지 잘 알잖아."

수하는 보일 듯 말 듯 고개를 끄덕였다. 그리고 나지막이 중얼거렸다.

"그건, 소문이잖아요……."

"소문? 넌 아직도 누가 밀고자인 줄 모른단 말이냐?"

수하는 두 손으로 머리를 감쌌다.

"그래도 친구는 친구잖아요."

수하의 목소리가 떨렸다. 노아 박사가 너털웃음을 터뜨렸다.

"허허허, 친구는 친구라……. 한때는 그랬지. 그렇지만 지금은 아냐. 에코반과 마르에 사는 사람들끼리는 친구가 될 수 없어. 게다가 넌 이미 10년 전에 죽은 아이야!"

수하가 달아오른 뺨을 두 손으로 비비며 밖으로 나오는데, 노아 박사가 등뒤에다 대고 소리쳤다.

"가서 핫도그 애들에게 몸조심하라고 전해! 에코반 놈들에게 애꿎은 화풀이 당하지 않게 말야!"

날이 선선했다. 어두컴컴한 대기 속에서 저 멀리 마르 지역의 전등불이 반딧불이처럼 깜박였다. 수하는 또박또박 읊조려보았다.

"파 · 란 · 하 · 늘, 제 · 이!"

에코반의 안보회의실 분위기는 무거웠다. 등받이가 길고 좌우 팔 받침이 각진 의자에 앉은 총독과 부관, 그리고 여덟 명의 각료와 시몬의 얼굴은 딱딱하게 굳어 있었다. 부관이 싸늘한 눈빛으로 참석자들을 훑어보며 입을 열었다.

"에코반의 경비 시스템은 철통이라 자부해 왔습니다. 그런데 오늘, 다른 데도 아니고 에너지 컨트롤 센터에 침입했다가 멀쩡하게 살아 나간 놈이 있습니다!"

차갑게 말을 뱉어낸 부관은 뒤쪽에 있는 그리스풍의 굵은 기둥 사이를 쳐다보았다. 그곳에 홀로그램이 떠오르며 에코반과 마르 지역의 입체 투시도가 나타났다. 투시도에는 침입자의 침투 경로가 푸른 선으로 표시되어 있었다. 도주 경로는 빨간색이었다.

부관이 투시도를 가리키며 말했다.

"그놈은 델로스 타워 내부를 손금 보듯 훤히 꿰고 있었습니다. 몇 분만 더 늦었더라면 메인 시스템의 정보까지 빼어 갔을 테고, 그랬다면……."

그가 잠시 뜸을 들이자 각료 몇 명이 겁먹은 표정을 지었다. 부관이 눈썹을 치켜올리며 말했다.

"여러분도 잘 알다시피 델로스 타워의 에너지가 방출되기라도 했다면 에코반은 하루아침에 암흑 천지가 되었을 겁니다."

시몬은 팔짱을 낀 채 꼼짝도 하지 않았다. 각료들은 서로 옆자리 사람을 쳐다보았다. 앞머리가 반쯤 벗겨지고 눈이 아래로 처진 총독이 턱을 괴고 있다가 자세를 바로잡으며 말했다.

"도대체 누가 이런……."

부관이 총독을 바라보며 단호한 어조로 말했다.

"10년 전에 도망친 노아 박사의 짓 같습니다!"

"뭐, 뭐라고? 노아 박사라고? 그가 아직 살아 있다는 말인가?"

총독이 주먹으로 의자의 팔걸이를 치며 엉덩이를 들썩였다.

"틀림없습니다. 델로스 타워 에너지 시스템에 대해 그처럼 자세히 아는 사람은 이 세상에 아무도 없습니다."

부관은 자신의 말을 증명하듯 손에 들고 있던 리모컨을 꾹꾹 눌렀다. 그러자 홀로그램에 10년 전 노아 박사의 모습이 나타났다. 각료들이 술렁거렸다.

부관이 홀로그램의 노아 박사를 손가락질하며 말을 이었다.

"이 자라면 지금 에코반이 어떤 상황인지 잘 알 겁니다. 그는 이미 10년 전에 에코반의 성장이 멈춘 것을 알고 있었습니다. 그를 살려두면 반드시 에코반을 없애려 들 겁니다. 그리고 푸른 하늘이 어떻고 하면서 시민들을 현혹시킬 것입니다. 어떻게든 이 자를 빨리 처치해야 합니다.

그리고 에코반의 에너지를 시급히 보충해야 합니다."

부관은 각료들을 둘러보았다. 각료들은 그의 시선을 피해 괜히 창밖으로 고개를 돌렸다. 부관이 또다시 무겁게 입을 열었다.

"에너지가 떨어지면 에코반을 포기해야 합니다. 그것은 곧 여러분이 갖고 있는 모든 권한과 부와 행복을 잃는 겁니다. 그리고 벌레 같은 마르인과 더러운 곳에서 같이 뒹굴어야 합니다. 이미 계획된 '마르 작전'을 펼칠 때가 왔다고 생각합니다!"

홀로그램에 마르의 어둡침침한 유전 지역과 가스관에서 불꽃이 일어나는 영상이 나타났다. 그 바람에 부관의 얼굴에 화염이 비치면서 흡사 성난 맹수처럼 보였다.

각료들은 묵묵부답이었다. 어서 회의가 끝났으면 하는 표정이 역력할 뿐이었다. 총독은 부관의 말을 음미하듯 눈을 내리깔고 있었다. 그때 시몬이 자리에서 일어섰다.

"울타리를 고치면 해결될 일을 불을 질러버리자는 말씀이신가요?"

부관이 기분 나쁘다는 표정을 짓자 시몬이 덧붙였다.

"쥐새끼 한 마리가 기어들어 왔을 뿐, 경비 체계는 여전히 철통입니다. 마르인이 벌레일지 몰라도 유용한 노동자원인 것은 확실합니다. 괜히 그들을 자극해 반항심을

키울 필요는 없다고 봅니다."

총독이 눈을 뜨며 끼어들었다.

"하지만 오늘 유전을 폭발시켜 에너지 출력이 높아졌고, 한 달치 에너지를 확보한 것은 사실이지 않은가?"

시몬은 선 채로 총독을 바라보았다.

"유전을 파괴시키면 에코반의 에너지가 느는 건 사실입니다. 앞으로도 오염 지역을 넓혀가야 합니다. 그런데 벌레들을 몰살시키면 또다른 유전을 확보하는 일은 누가 하지요? 무식하게 밀어붙이다가 성난 벌레들이 폭동이라도 일으키면 어떻게 될지 생각해 보셨습니까? 이미 마르인의 숫자가 에코반 시민의 열 배 이상 많다는 것을 잊어서는 안 됩니다."

각료 몇 명이 눈치를 살피며 고개를 끄덕였다. 못마땅한 표정을 짓고 있던 부관이 자리를 박차고 일어섰다.

"그러니까 마르인의 숫자가 더 늘어나서 우리를 위협하기 전에 쓸어버리자는 거야! 자네의 그런 나약한 사고 방식이 경비 체계를 허술하게 만들었다는 것을 아직도 모르나!"

부관은 시몬을 노려보았다. 시몬도 꿈쩍 않고 부관의 눈을 쏘아보았다. 총독이 짝짝 손바닥을 치며 일어섰다.

"일단 에코반과 마르 지역의 경비와 감시를 강화하시

오! 그리고 빠른 시일 내에 노아 박사와 침입자를 찾아내시오. 결정은 그 뒤로 미루겠소!"

시몬은 총독에게 가볍게 고개를 숙인 뒤 자리에 앉았다. 부관은 김이 샜는지 숨을 몰아쉬며 씩씩거렸다.

회의가 끝난 뒤 각료들은 무어라 수군거리며 밖으로 나갔다. 시몬은 그 뒤를 따라나섰다. 부관은 여전히 분을 참지 못하는 표정이었다. 그가 막 문을 나서려는데, 총독이 그를 불러 세운 뒤 귓속말을 했다.

"만일의 사태에 대비한 작전을 세우시오!"

부관은 금세 흐뭇한 미소를 지으며 경례를 올려붙였다. 그러고는 나지막이 중얼거리며 이빨을 갈았다.

"두고 보자!'

마르 지역의 낡은 건물에 자리잡은 '오토바이 공작소'는 늘 어수선했다. 바닥에는 기름때가 찌들어 있고 구석구석에는 여러 가지 부품들이 어지럽게 널려 있었다.

이곳은 마르 지역을 활보하는 불량배 패거리 '핫도그'의 아지트이기도 했다. 그들은 삼삼오오 모여 도둑질이나 강도짓을 했고 약한 사람들을 괴롭혔다. 그러면서도 자신

들은 에코반에 맞서 싸우는 레지스탕스라고 뻐겼다. 몇 번 에코반 경비대를 습격해 무기를 탈취한 전적이 있기 때문이다.

핫도그 둘이 반짝거리는 공구를 들고 바이크를 고치고 있었다. 또다른 핫도그들은 기다란 의자에 앉아 한창 수다를 떠는 중이었다. 그들 사이에서 하모니카를 불고 있는 우디는 카렌보다 세 살 많은 고아 아이로, 수하와 함께 살고 있었다.

우디가 하모니카를 구성지게 불고 나자, 얼굴이 각지고 코가 납작한 핫도그패의 리더 철한이 투덜거렸다.

"야 임마. 청승맞은 곡 말고 다른 거 좀 없어? 신나는 노래 말야!"

덩치가 큰 철한은 데이비드의 손에서 담배를 낚아채 한 모금 길게 빨아들였다. 머리 모양이 구둣주걱 같은 데이비드는 "어, 어!" 하며 담배를 안 빼앗기려고 했지만, 힘이 센 철한을 이길 재간이 없었다.

철한은 담배 연기를 서너 번 길게 내뿜은 뒤 조에게 담배를 넘겼다. 조는 곱슬머리를 만지작거리고 있다가 얼른 담배를 받았다. 그리고 길게 째진 눈을 껌벅거리며 담배 연기를 삼키다가 우디를 힐끗 쳐다보았다.

"야, 너도 한 모금 빨아볼래? 이거 아주 귀한 거다!"

우디는 쳐다보지도 않고 하모니카에 입술을 갖다 댔다. 조는 머쓱해하며 다시 두꺼운 입술로 담배를 빨았다.

그때 다릉다릉 하는 바이크 소리가 들려왔다. 모두 긴장해서 여기저기 몸을 숨겼다. 곧바로 쿵쿵 문 두드리는 소리가 났다. 철한은 눈짓으로 문을 열라는 신호를 보냈다. 조는 권총을 꺼내 들고 천천히 문 쪽으로 다가갔다. 손바닥만한 쪽문을 조심스럽게 열고 밖을 내다보니 수하가 무표정하게 서 있었다.

"어, 수하. 헤헤, 웬일로 여기까지 행차하셨나? 아, 우디 찾으러 왔구나. 우디는 아까 집에 갔어, 아까!"

조는 태연히 거짓말을 했다. 데이비드가 눈치를 채고 우디를 수리 중인 바이크 뒤로 숨겼다. 우디는 아무것도 모른 채 뒤에 쪼그려 앉았다.

핫도그들이 수하에게 거짓말을 하는 이유는 간단했다. 수하가 자신들을 경멸하면서 우디를 자신들과 어울리지 못하게 하기 때문이다.

수하가 손짓으로 안을 보고 싶다고 하자, 조는 마지못해 문을 빠끔히 열어주었다. 수하는 문을 확 열어젖히며 안에 대고 소리쳤다.

"우디야, 나와! 가자!"

바이크 뒤에서 눈치를 보고 있던 우디가 몸을 일으켰

다. 수하와 눈이 마주치자 우디는 입을 비틀며 웃었다.

"혀엉!"

뛰어온 우디를 수하는 번쩍 들어올렸다.

"형이 여기 오면 안 된다고 했지? 가자."

수하가 우디를 안고 돌아서는가 싶더니 다시 철한을 쳐다보았다.

"왜 그래? 아직 용건이 남았어?"

철한은 심사가 뒤틀려서 눈썹을 실룩거렸다. 수하는 우디를 내려놓으며 말했다.

"영감이 전하는 얘긴데, 모두들 몸 조심하래."

"영감이?"

영감은 노아 박사를 뜻했다.

잠시 고개를 갸웃거리며 생각에 잠겼던 철한이 갑자기 특유의 웃음을 터뜨렸다.

"우하핫! 그래? 그럼 그 영감한테 전해. 걱정은 고맙지만 우린 그럴 수 없다고 말야."

"무슨 소리야?"

"에코반 놈들이 요즘 작업장에서 마르 사람들을 수백 명씩 죽이고 있어. 그런데도 우리더러 몸을 사리라고? 천만에! 우리에겐 할 일이 있다구. 계획이 있단 말야!"

수하는 한심하다는 듯이 고개를 가로저었다.

"아무튼 조심해. 에코반 놈들은 너희 같은 애들을 노리니까."

수하는 다시 우디를 들쳐 안고 문 밖으로 나갔다. 조가 문을 닫으며 시근덕거렸다.

"저 자식은 맨날 건방져! 우디만 아니면 확 그냥 내 손에 죽는 건데!"

데이비드는 어이가 없다는 듯 히죽 웃었다.

핫도그들은 수하를 싫어했다. 철한이 자기네 패거리로 끌어들이기 위해 몇 번 만났지만, 그때마다 이렇게 쏘아붙였던 것이다.

"난 불량배가 아냐. 너희들하고는 달라."

훗날 핫도그들은 수하가 노아 박사와 함께 에코반에서 쫓겨왔다는 이야기를 듣고 그가 자신들을 무시한다고 생각했다. 눈에는 눈, 이에는 이, 그것이 핫도그들의 생각이었다.

수하의 바이크가 사라지자 철한은 알 수 없는 불안에 부르르 몸을 떨었다.

수하는 자신의 거처인 유조선 안으로 들어섰다. 침실

겸 사무실은 과거에 선원들의 식당으로 쓰였던 2층 선실에 있었다. 방은 혼자 사는 남자의 방이 그렇듯 어수선했다. 1층에는 글라이더 작업실이 있었다. 수하는 1년 전부터 그곳에서 은밀히 글라이더를 만들고 있었다.

에코반에는 비행기가 없었다. 멀리 이동할 필요가 없어 누구도 개발의 필요성을 느끼지 못했다. 하지만 노아 박사의 생각은 달랐다. 그는 에코반을 폐쇄시키는 데 비행기가 긴요하다고 믿었다. 그래서 1년 전, 오랫동안 간직해온 글라이더 설계도를 수하에게 넘겨주었다.

수하는 우디를 낡은 쇠침대 옆에 내려놓았다. 우디가 품에서 작은 바퀴를 꺼냈다.

"형, 이거 피, 필요하다고 했지?"

수하는 의아한 눈빛으로 우디와 바퀴를 번갈아 쳐다보았다.

"이거 어디에서 났어? 너, 그 도둑놈들이랑 어울리더니 이젠……."

우디가 울상을 지으며 손을 내저었다.

"후, 훔친 거 아냐. 주, 주운 거야. 저, 저번에 형이 글라이더 만드는 데 필요하다고 그랬잖아!"

수하는 표정을 누그러뜨렸다.

"너, 그놈들이랑 계속 어울릴 거야? 그 자식들 하는 짓

이 얼마나 위험한 줄 몰라서 그래?"

우디는 뒤로 두어 걸음 물러서며 입을 비쭉거렸다.

"아, 알았어."

수하는 1층으로 내려가 연장을 집어들었다. 글라이더의 몸체를 살피는 눈빛이 반짝거렸다. 우디는 그 옆 계단에 앉아 하모니카를 불었다. 하모니카 소리에 귀 기울이던 수하는 공구를 내려놓고 우디에게 다가가 손을 내밀었다.

"이리 줘봐. 내가 새 노래 가르쳐줄게."

우디는 하모니카에 묻은 침을 옷소매에 쓱 문지른 뒤 하모니카를 내밀었다. 그러다가 그제야 수하 팔목에서 대롱거리는 수갑을 발견하고 물었다.

"우와! 그, 그거 멋지다. 뭐야?"

수하는 잠시 망설이다가 하모니카를 입에 갖다 댔다.

"그, 그거 뭐냐구?"

우디는 궁금해서 참을 수 없다는 듯 대들었다. 수하는 씨익 웃었다.

"팔찌."

"어, 어디에서 났는데?"

"친구가 줬어."

"치, 친구? 친구 누구?"

수하는 대답하지 않고 하모니카를 입에 물었다. 천천히

숨을 내쉬자 하모니카에서 굵직한 소리가 났다. 우울한 곡조였다. 수하는 눈을 감은 채 제이를 떠올렸다. 짧은 머리, 호리호리한 몸매, 가지런한 치아, 깊은 눈…….

제이는 예전과 많이 달라져 있었지만 한편으로는 10년 전과 똑같았다. 특히 사슴의 눈처럼 깊고 고요한 눈은 더욱 더 그랬다. 문득 수하는 제이를 다시 만날 수 있을까 하는 생각이 들었다. 하모니카의 음조가 점점 더 애잔해졌다.

미래의 운명을 건 싸움

사랑과 분노 5

에코반 지하에 있는 경비대 차량 기지가 시끌시끌했다. 경비대 바이크와 차량들이 시동을 건 채 대기 중이었고, 무장한 경비병들이 그 사이를 오락가락했다. 출동 신호를 받았는지 바이크 몇 대가 요란한 소리를 내며 급히 밖으로 나갔다.

제이는 바이크 위에 앉아서 모니터를 살폈다. 에타는 그런 제이를 힐끔힐끔 훔쳐보면서 바이크를 점검했다.

"여기에서 뭐 하는 거지?"

시몬이 불쑥 나타나서 묻는 바람에 제이와 에타는 깜짝 놀랐다.

"순찰 안 나가고 뭐하고 있나?"

제이는 모니터를 살피며 냉랭하게 말했다.

"재배치됐어요. 외곽 경비로."

시몬은 눈썹을 실룩이며 제이와 에타를 번갈아 쳐다보았다.

"외곽 경비? 누가?"

제이는 대답 대신 바이크를 몰고 출구 쪽으로 사라졌다. 시몬은 고개를 갸웃거렸다. 에타는 어떻게 해야 할지 몰라 우물쭈물거렸다. 시몬이 다시 물었다.

"누구 명령이지?"

에타는 지그시 입술을 깨물었다가 대답했다.

"부관입니다. 제이가 침입자 놈의 얼굴을 봤잖아요."

시몬은 고개를 숙인 채 무언가 골똘히 생각했다. 에타가 바이크의 시동을 걸며 시몬에게 물었다.

"그런데 그놈이 왜 제이를 살려줬을까요?"

시몬은 순간 침입자의 패러글라이더를 떠올렸다.

"걱정 마세요! 제이의 머리카락 하나 다치게 하지 않고 그 쥐새끼만 잡아올게요!"

에타의 바이크가 멀어져가는 동안 시몬은 턱을 괸 채 생각에 잠겼다.

낡은 항공모함과 수많은 폐선을 잇대어 만든 마르의 시장은 쓰레기로 너저분했다. 언제나 번잡하고 활기에 넘치는 그 거리를 오가는 마르인들의 모습이 오늘따라 유난히 조급해 보였다.

아니나 다를까. 점심 무렵에 에코반의 무장 차량과 바이크들이 거리에 나타났다. 에코반 차량에서는 짜랑짜랑한 여자 목소리가 흘러나왔다.

"알린다! 에코반 정부는 12월 21일 오전 10시를 기해 마르 Q12 지역을 폐쇄한다! 거주자는 모두 이곳을 떠나기 바란다. 다시 알린다!"

마르인들은 몹시 분노했다. 하나둘 사람들이 모여들더니 금세 군중이 되었다. 누군가 확성기에 대고 열띠게 소리쳤다.

"이 땅이 누구 것입니까? 누가 이 땅을 일구고 만들었습니까? 에코반인들입니까? 아닙니다. 바로 우리 자신입니다. 우리 자신이 주인인데, 지금 에코반 경비대는 우리에게 이주하라고 명령합니다. 우리는 이주할 수 없습니다. 반대합니다. 모두 외칩시다. 이주 반대!"

"이주 반대! 이주 반대!"

군중들은 목이 터져라 외쳤다. 에코반 차량을 향해 노골적으로 욕지거리를 날리는 사람도 있었다.

"야, 이놈들아. 내 남편이나 내놔!"

"왜 생사람을 떼로 죽이는 거야! 개자식들아!"

"우리가 여기 사는 데 너희가 보태준 거 있어?"

"여긴 우리 땅이야. 당장 돌아가! 너희 에코반으로 가란 말야!"

"그래 누가 더 오래 사나 보자. 이 죽일 놈들아!"

조는 바이크 뒤에 우디를 태운 채 거리를 살폈다. 우디는 등에 멘 배낭이 무거운지 연신 치켜올렸다.

조는 헬멧을 쓰며 중얼거렸다.

"이거 분위기 삼삼한걸. 잘하면 한판 붙겠는데."

앙칼지게 소리치는 한 여자를 보고 있던 우디가 목을 움츠리며 말했다.

"어, 어째 무, 무서워. 이러다 크, 큰일 터지는 거 아닐까?"

조가 우디의 옆구리를 툭 치며 웃었다.

"흐흐, 녀석. 임마, 여긴 맨날 싸우고 죽이는 게 일이야. 그래도 누구 하나 신경 안 써. 너도 네 몸은 네가 지켜. 수하같이 정신 나간 놈 졸졸 따라다니지 말고."

"우, 우리 형이 왜, 왜 정신 나간 놈이야?"

우디는 조의 귀에다 대고 소리쳤다. 조는 타이르듯이

말했다.

“정말 몰라? 허구한 날 그놈은 지브롤턴지 개브롤턴지 가겠다고 헛소리하잖아. 세상에 그런 섬이 어디 있어? 한심한 놈. 지옥에나 가라지. 넌 말야, 내 뒤만 잘 쫓아다녀. 이 형님이 너를 최고의 레지스탕스로 키워줄 테니까. 어때?”

조는 고개를 뒤로 돌리다가 갑자기 당혹스러운 표정을 지었다. 어느 틈에 우디가 사라진 것이다.

이리저리 두리번거리는 조의 눈에 우디가 들어왔다. 골목 안으로 뛰어가고 있었다. 조는 다급하게 불렀다.

“우디야! 야, 어디 가? 이거 미치겠군. 저 녀석이 왜 저러지?”

조는 시동을 건 뒤 급하게 우디를 뒤쫓았다.

그 시각에 수하는 대장간에 있었다. 탕 소리와 함께 그의 손목이 수갑의 압박에서 풀려났다. 대장간 영감은 망치로 잘라낸 수갑을 들어올리며 환하게 웃었다. 삽만한 영감의 손은 크고 작은 상처투성이었다.

수하는 홀가분한 얼굴로 손목을 어루만졌다. 손목에 시

뻘겋게 자국이 남아 있었다. 그때 시끌시끌한 사람들 소리가 들려왔다. 거기에다 매캐한 최루탄 가스가 바람을 타고 날아왔는지 코가 매웠다. 수하는 가볍게 기침을 하고는 대장간 영감에게 물었다.

"혹시 우디 못 보셨어요?"

영감은 연장들을 한쪽으로 치우며 느릿느릿 말했다.

"우디? 아까 난쟁이 조랑 함께 가는 거 같던데……."

거리에서 들려오는 소리가 점점 더 커졌다.

"저 문짝 좀 갖다주겠어? 아무래도 오늘 장사는 이만 거둬야겠어."

수하는 문짝을 나르며 거리를 살폈다. 멀리서 퍽퍽 소리와 함께 최루탄의 하얀 연기가 피어 올랐다. 모여 있던 사람들이 비명을 내지르며 사방으로 흩어졌다. 펑, 펑, 펑. 마치 폭죽처럼 공중에서도 최루탄이 터졌다.

데모대 한 무리가 웅성거리며 대장간 앞을 지나갔다. 경비대 바이크들이 급하게 그 뒤를 쫓았다. 수하는 바이크를 살펴보다가 움찔했다. 거기에 제이도 있었던 것이다. 수하는 잽싸게 뒷문으로 빠져나가며 소리쳤다.

"혹시 우디 보면 빨리 집으로 가라고 전해주세요."

수하는 거리로 나와 제이의 바이크가 달려간 쪽으로 뛰어갔다.

우디는 광장에 서 있었다. 매운 최루탄 가스를 막으려고 웃옷을 걷어올려 얼굴을 가렸지만 소용이 없었다. 눈물 콧물이 정신없이 흘러내렸다. 재채기를 토해내는데, 공중에서 퍽 소리와 함께 최루탄이 또 터졌다. 우디는 눈을 비비며 골목으로 피했다.

조는 우디를 뒤쫓다가 눈을 감았다. 최루탄이 갑자기 바이크 앞에서 터진 것이다. 노란 최루 가스가 걷히자 조가 소리쳤다.

"야, 우, 에취, 우디, 너 미쳤어? 이, 에취, 난리통에 뭐 하는 거야?"

동그란 얼굴이 온통 눈물콧물로 범벅이 된 우디가 울음 섞인 목소리로 말했다.

"가, 가, 가만있어봐!"

우디는 주위를 두리번거렸다. 무장한 진압 차량 한 대가 소리 없이 다가왔다. 우디는 비켜 서 있다가 그 차를 뒤쫓았다.

"야야, 어디 가. 저게 죽으려고 별별 수고 다하네."

조는 다시 바이크의 시동을 걸었다.

우디는 진압 차량 뒤를 쫓다가 맞은편 골목으로 뛰어들었다. 숨이 턱까지 차올랐지만 입가에는 흐뭇한 미소가 떠올랐다. 그의 손에 경비병들이 쓰는 고글이 들려 있었다. 우디는 고글을 이리저리 살펴본 뒤 얼른 썼다.

제이는 가늘게 눈을 뜨고 주위를 살폈다. 이제 그가 탄 바이크는 마르의 시장 지역을 벗어나 외곽도로를 달리고 있었다. 제이의 통신기에서 잡음과 함께 에타의 목소리가 흘러나왔다.

"제이, 광장 지역 상황이 안 좋은데 그만 돌아가자. 네 머리카락이라도 다치는 날엔 시몬 대장이 날 가만 안 둘 거야!"

제이는 못 들은 척했다. 넓은 교차로에 들어섰을 때였다. 갑자기 화염병 하나가 날아와 바이크 앞에서 터졌다. 거친 말소리도 들려왔다.

"막아!"

"부숴버려!"

제이는 급히 핸들을 돌렸다. 화염병 서너 개가 한꺼번에 제이를 향해 날아왔다. 힘껏 가속기를 잡아당겼다. 검은 연기를 내뿜는 바이크 뒤쪽에서 불길이 치솟았다.

"제이, 무슨 일이야? 응답해! 무사해?"

동료 에타의 걱정스러운 말소리가 또다시 흘러나왔다. 제이는 대답할 틈이 없었다. 검은 연기 사이로 화염병을 든 수십 명의 데모대가 보였다. 아무래도 포위된 것 같았다.

'무력으로 대응할까?'

허리춤에 찬 총에 손을 대려는데 왼쪽 골목에서 바이크 한 대가 쏜살같이 달려나오며 데모대를 향해 공포탄을 쏘았다. 데모대들이 놀란 물고기 떼처럼 흩어졌다.

제이는 자신의 눈을 의심했다. 검은 헬멧으로 얼굴을 가렸지만 수하가 분명했다. 수하는 데모대를 흐트려놓은 다음 시장 쪽으로 바이크를 급히 몰았다. 그 뒤를 쫓는 제이의 가슴은 설렘과 놀라움으로 쿵쿵거렸다.

다른 거리를 달리던 에타는 모니터를 통해 제이가 마르 외곽 지역으로 벗어나는 것을 발견했다.

"어라, 이거 상황실에 보고도 못 하겠네."

에타도 재빨리 제이의 바이크를 뒤쫓았다.

수하는 빠르게 시장 지역을 벗어났다. 제이도 계속해서 가속기를 잡아당겼다. 해변에는 짙은 안개가 끼어 있었다. 안개를 헤치며 좁은 해안을 끼고 달리던 수하의 바이크가 폐선 사이로 감쪽같이 사라졌다.

제이는 한참을 헤매다가 낡은 유조선 앞에 바이크를 세웠다. 금세 찍힌 듯한 바이크 바퀴 자국이 주위에 남아 있었다. 배의 왼쪽 옆에 갑판으로 올라가는 계단이 보였다. 제이는 권총의 탄창을 꺼내 총알을 확인한 뒤 다시 밀어 넣었다. 통신기에서 에타의 목소리가 애절하게 들렸다.

"제이, 응답해. 제발……."

제이는 통신기를 꺼버린 뒤 신속하게 낡고 좁은 철제 계단을 밟고 위로 올라갔다. 계단 옆 구멍으로 기계실 내부가 훤히 들여다보였다. 중간쯤 올라갔을까. 돌연 까마귀 한 마리가 그에게 달려들었다. 제이는 총 든 손으로 까마귀를 뿌리쳤다. 까마귀가 화다닥 위로 날아올랐다.

배의 갑판은 아래에서 상상했던 것보다 훨씬 넓었다. 제이는 어지럽게 널려 있는 쇳조각과 나뭇조각을 피해 선실 쪽으로 걸어가며 주위를 경계했다. 희뿌연 하늘에서 까마귀가 빙빙 큰 원을 그렸다. 제이는 1층 선실 문을 조심스럽게 열었다. 넓은 공간에 공룡 뼈처럼 앙상한 글라이더가 놓여 있었다. 그러나 제이는 처음 보는 것이어서 그것이 무엇인지 알 수가 없었다.

오래 고민할 시간이 없었다. 구석구석 살펴보았지만 인기척은 느껴지지 않았다. 제이는 2층으로 올라가는 계단의 난간을 잡았다. 그때 낮은 음악 소리가 들려왔다. 마른 침을 삼키며 제이는 한 걸음 한 걸음 위로 올라갔다.

제이는 선실의 문을 슬쩍 밀어 젖혔다. 안이 한눈에 들

어왔다. 왼쪽 벽면에 놓인 긴 책상 위에 지구본, 거울, 모형비행기, 전화기, 낡은 확성기 같은 20세기에나 쓰던 물건들이 가지런히 놓여 있었다. 그 위쪽에는 기다란 칼이 두 개 걸려 있었고 오른쪽 커다란 유리창 밑에는 낡은 침대와 나무 의자 몇 개가 놓여 있었다. 음악은 방 끝쪽 책장 옆에 있는 전축에서 흘러나왔다.

제이는 방으로 들어서서 살피다가 침대 맞은편에 붙어 있는 지도를 발견했다. 어디선가 본 듯한 지도였다. 10년 전에 보았던 지브롤터 지도가 분명했다. 마음이 가볍게 떨렸다. 잠시 창밖을 내다보며 제이는 추억에 잠겼다.

10년 전 어느 날 저녁.

제이가 자고 있는데 창문 쪽에서 톡톡 소리가 났다. 수하였다. 창문을 열어주자 수하는 낑낑거리며 창문을 타넘어 들어왔다.

"넌 들어오는 문이 어디인지도 모르니?"

제이가 짐짓 화가 난 듯 농담을 던지자, 수하는 흰 이를 내보이며 씨익 웃었다. 웃음을 거둔 뒤 수하가 말했다.

"나, 너한테 지브롤터 섬 얘기해 주려고 왔다."

"또 그 얘기야?"

제이가 입을 삐죽거리자 수하는 싱긋 웃으며 품안에서

지도를 꺼냈다.

"봐. 여기가 지브롤터 섬이야. 여기에 가면 파란 하늘을 볼 수 있대. 이곳은 바다도 파랗대!"

제이는 얼른 수하의 입을 손으로 막았다. 에코반에서는 '파란 하늘'과 '파란 바다'라는 말은 쓰지 못하게 되어 있었다.

수하가 제이의 손을 떼어내며 말했다.

"이 다음에 같이 이 섬에 가자!"

제이는 이번에도 대답하지 못했다. '그러자'고 대답하고 싶었지만 왠지 무서웠다.

수하가 못을 박겠다는 듯 다짐을 주었다.

"난, 꼭 지브롤터에 갈 거야. 너랑 같이."

수하는 주머니에서 종이비행기를 꺼내더니 창문을 열고는 허공을 향해 가볍게 날렸다. 종이비행기는 바람을 타고 시원스럽게 하늘로 솟구쳤다.

종이비행기가 시야에서 사라지는 것을 보고 있던 제이는 수하의 뺨에 입을 맞추었다. 당황한 수하의 얼굴이 숯불처럼 빨갛게 달아올랐다. 그리고는 기절한 것처럼 눈을 뒤집으며 침대 위로 쓰러졌다. 제이도 따라서 뒤로 누웠다.

제이는 얼른 손등으로 시큰거리는 눈을 꾹꾹 눌렀다.

그때 벽처럼 위장한 문이 열리더니 과일을 든 수하가 나타났다. 제이는 눈앞이 환해지는 기분이었다. 천천히 총을 내려뜨렸다.

수하는 무표정하게 제이를 바라보았다. 제이가 울음 섞인 목소리로 물었다.

"수하? 너 수하 맞지?"

수하는 눈을 내리깔며 제이의 눈길을 피했다.

"여기까지 웬일이야? 마르인과의 접촉은 금지되어 있는 거 아닌가? 여긴 네가 와서는 안 되는 곳이야!"

"난, 네가…… 죽은 줄 알았어……. 왜, 왜 그동안 아무 연락도 안 한……."

"돌아가라, 제이!"

수하는 냉정하게 제이의 말을 잘랐다. 제이의 눈이 동그래졌다.

"뭐? 뭐라구?"

"네가 알던 수하는 옛날에 죽었어!"

제이의 눈에 눈물이 얼비쳤다.

"옛날의 수하는 이제 없다구!"

제이는 수하를 뚫어지게 바라보다가 울먹거렸다.

"그럼 그때 그 약속은? 지브롤터, 파란 하늘은 어떻게 되는 거야?"

수하는 입술을 깨물며 고개를 돌렸다. 그때 바깥에서 바이크 소리가 요란하게 들려왔다. 수하는 얼른 창문을 통해 바깥 동정을 살폈다.

"귀찮은 놈들!"

그리고 창문에서 눈을 뗀 뒤 말했다.

"숨어!"

제이는 책장 옆에 있는 철제 캐비닛 안에 몸을 숨겼다. 수하는 캐비닛 문을 닫은 뒤 갑판으로 내려왔다. 계단 쪽에서 데이비드와 조가 떠드는 소리가 들렸다.

"변태 같은 자식. 이러니까 이기적이라는 소리를 듣는 거 아냐. 계단이라는 건 공공 기물로서 어디까지나 여러 사람 이용하기 좋도록 넓게 만들어야지."

조의 말에 데이비드가 핀잔을 주었다.

"입 놀리는 데 힘 빼지 말고, 빨리 올라가기나 해!"

잠시 뒤 조와 데이비드가 갑판 위로 올라왔다. 기다리고 서 있는 수하를 발견하자 조는 손을 내밀며 너스레를 떨었다.

"아, 마침 계셨구만. 대장이 좀 보재. 내일 중요한 건수가 있으니까 같이 작전 좀 짜자구!"

조는 다짜고짜 2층 선실로 올라가려고 했다. 수하는 두 팔을 벌려 조를 가로막았다.

"이거 손님 접대가 영 띄엄띄엄한 걸. 여기까지 왔는데 사과 한 쪼가리라도 줘야 되는 거 아냐?"

데이비드가 수하의 팔 밑으로 빠져나가며 이죽거렸다.

"너희 대장은 어디 있어?"

화제를 돌릴 생각으로 수하가 물었다. 조가 빼기듯 말했다.

"어딨긴, 늘 우리가 만나는 곳이지. 우디도 거기 있어."

"우디?"

데이비드가 계속 비아냥거렸다.

"아니, 정말 이러기야. 이렇게 문전박대해도 되는 거냐구. 혹시 우리 몰래 여자라도 안에 감춰놓은 거 아냐?"

수하는 억지로 웃으며 두 사람의 등을 떠밀었다.

"자, 자. 오늘은 내가 바쁘니까 대접은 나중에 하도록 하지."

조와 데이비드는 투덜투덜거리며 계단 밑으로 걸어갔다. 이윽고 바이크 시동 거는 소리가 났다.

제이는 멀어져가는 바이크 소리를 들으며 캐비닛 밖으로 나왔다. 벽에 기대어 물끄러미 창문 밖을 내다보는데 수하가 무표정한 얼굴로 나타났다.

제이는 희망과 슬픔이 뒤섞인 표정으로 수하를 바라보았다. 하지만 수하는 여전히 차가웠다.

"돌 · 아 · 가. 이젠 다시 오지 마!"

제이는 귀를 틀어막았다. 그 순간 탕 소리와 함께 창문 하나가 박살이 났다.

제이는 수하를 떼밀며 옆으로 굴렀다. 총알 두 발이 더 날아와 전축과 지브롤터 지도에 구멍을 냈다. 수하는 제이를 안고 옆으로 두어 바퀴 더 굴러 옆방으로 피했다.

제이는 일어서며 손목에 찬 통신기를 켰다. 에타가 상황실에 보고하는 내용이 생생히 들렸다.

"목표물이 사라졌다. 목표물을 놓쳤다!"

시몬의 목소리가 울려 나왔다.

"우리가 도착한다. 대기하라! 단독 행동하지 마라. 제이가 위험할지 모른다. 대기하라!"

수하는 제이의 어깨에 손을 얹은 채 말했다.

"위험해. 빨리 돌아가!"

"넌, 내 오랜 친구야."

"친구?"

수하는 비죽 웃으며 시큰둥하게 말했다. 제이는 수하의 태도에는 아랑곳없다는 듯 애원했다.

"난, 네가 한 약속을 믿어. 지브롤터, 파란 하늘. 그 약속을 지키길 바랄게."

"다 잊어버려."

수하는 무표정하게 말한 뒤 문을 닫고 사라졌다. 제이는 바람 빠진 공처럼 그 자리에 풀썩 주저앉았다. 입에서는 신음 같은 울음이 비죽비죽 새어나왔다.

*

시몬은 사무실 창가에 서서 델로스 타워 너머로 보이는 붉은 노을을 바라보았다. 그러다가 갑자기 뭔가 생각난 듯이 컴퓨터 모니터를 켰다. 키보드를 두드리니 에타가 유조선 근처에서 잡은 영상이 떠올랐다. 세 사람이 갑판 위에서 이야기를 하고 있었다. 시몬은 키보드를 몇 번 더 두드렸다. 그러자 한 사람의 얼굴이 확대되었다.

시몬은 책상을 탕 친 뒤 분노를 억누르며 벌떡 일어섰다. 창가에서 서성거리고 있는데 에타가 들어섰다. 시몬은 에타의 경례를 받자마자 물었다.

"이 영상, 분명 자네가 확보한 건가?"

"넷!"

에타가 두 다리를 모으며 부동 자세를 취했다.

"그때 제이는……."

"그만! 알았어."

시몬은 에타의 말을 잘랐다.

"수고했어. 그만 나가봐."

에타가 경례를 붙이고 나가려는데 시몬이 다시 불러 세웠다.

"참, 당분간 이 일은 비밀로 하도록."

"넷!"

에타가 나간 뒤 시몬은 다시 생각에 잠겼다. 회색 장막이 천천히 붉은 노을을 뒤덮었다. 문득 10년 전 어느 날, 우울했던 저녁이 떠올랐다.

소년단장이던 시몬은 훈련실의 짐을 정리하고 해질 무렵 집으로 돌아왔다. 엘리베이터에서 내려 집으로 들어섰을 때였다. 사람들 말소리가 흘러 나왔다. 거실에서 아버지가 두 남자와 은밀하게 이야기를 나누고 있었다. 본의 아니게 시몬은 그 이야기를 엿듣게 되었다.

"수고했소, 완다 박사! 만약 당신의 신고가 없었다면 정말 큰일 날 뻔했소!"

뚱뚱한 남자가 아버지의 어깨를 툭툭 두드렸다. 옆에 앉았던 다른 남자가 날카로운 눈빛을 반짝이며 거들었다.

"그렇습니다. 박사님이 아니었다면 에코반 전체가 혼란에 빠질 뻔했습니다."

아버지는 그들의 말에 가타부타 말이 없었다. 귀 밑과

목덜미에는 진땀이 잔뜩 배어 있었다. 뚱뚱한 남자가 다시 한 번 아버지의 어깨에 손을 얹었다.

"박사. 이제 우리 힘을 모아 에코반을 멋지게 다시 건설해 봅시다. 그리고 부와 권력을 함께 누려봅시다. 자, 힘을 내시오. 힘을……. 하하하!"

눈빛이 날카로운 사내가 재빨리 시몬 아버지의 표정을 살핀 뒤 말했다.

"그렇습니다, 박사. 그들은 언젠가는 제거해야 할 대상이었소. 너무 죄스러워할 필요는 없소!"

말을 마친 두 사람이 자리에서 일어섰다. 시몬은 얼른 밖으로 되돌아나와 엘리베이터 옆 빈 공간에 재빨리 몸을 숨겼다. 문이 열리고 검은 안경을 쓴 두 남자가 나왔다. 뚱뚱한 남자는 어디선가 본 듯한 느낌이 들었다. 그랬다. 바로 에코반의 치안장관이었다. 그 뒤를 따르는, 얼굴이 길고 눈빛이 날카로운 남자는 경비대장이 틀림없었다.

아버지가 뒤따라 나와 그들에게 고개를 숙였다. 치안장관이 엘리베이터 안으로 들어서며 손을 들어 보였다. 아빠가 다시 한 번 고개를 깊이 숙였다.

"아버지!"

엘리베이터 문이 닫히자마자 시몬은 복도에서 나왔다. 아버지는 화들짝 놀라며 뒤로 물러섰다.

"어, 어? 시, 시몬 거기 있었구나!"

잔뜩 겁먹은 얼굴로 아버지는 말을 더듬었다. 시몬은 시치미를 뗐다.

"아까 그 사람들 누구예요?

"누, 누구?"

아버지는 놀라는 표정을 감추느라 애써 웃음을 지었다. 시몬은 그 모습이 왠지 안쓰럽게 여겨졌다.

거실로 돌아온 아버지는 연신 담배 연기만 빨아들였다. 가끔 손이 심하게 경련을 일으켰다.

잠들기 전 잠깐 텔레비전을 보던 시몬은 깜짝 놀랐다. 낮에 집으로 찾아왔던 치안장관이 기자들 앞에서 아버지의 상사인 델로스 타워 에너지 시스템 센터 총책임자 노아 박사와 에코반 건축 설계관인 조인모 박사, 에코반의 법무를 담당하는 우홍리 장관을 반역죄로 체포했다고 발표했다.

곧이어 조인모 박사와 우홍리 장관이 수갑을 차고 구속되는 장면이 비쳤다. 옆에 앉았던 아버지가 '끄응' 하고 신음을 뱉어냈다. 아버지의 얼굴은 고통으로 일그러져 있었다.

"아버지, 괜찮으세요?"

"그래요. 당신 몹시 피곤해 보여요."

어머니도 걱정이 되는지 끼어들었다. 아버지는 대답 대

신 "시, 시몬. 다, 담배나 다오" 하고 말했다. 치안장관이 거만한 표정으로 발표문을 계속 읽어 내려갔다.

"이들은 에코반을 파괴할 계획으로 몇 달 전부터 음모를 꾸며 왔으며, 특히 법무장관 우홍리는……."

"꺼! 꺼! 꺼버려!"

갑자기 아버지가 버럭 화를 내며 소리쳤다. 어머니는 너무 놀란 나머지 리모콘을 든 채 전선을 뽑아버렸다.

다음날, 학교는 반역자들 이야기로 시끌시끌했다. 시몬은 아이들 이야기를 통해 중요한 사실을 알았다. 조인모 박사는, 바로 며칠 전 지붕에서 교관을 밀어 떨어뜨려 죽게 만든 후 달아난 조수하의 아버지였다. 그리고 반역자 색출에 가장 큰 공을 세운 사람은 바로 자기 아버지 완다 박사였다.

모든 것이 명확해졌다. 시몬은 처음으로 '혹시 아버지가 밀고자가 아닐까' 의심했다. 저녁에 그의 의심은 사실로 확인되었다. 학교에 갔다오자 어머니가 반색을 하며 말했다.

"시몬, 기쁜 소식이다. 아버지가 에너지 시스템 센터 책임자로 승진하셨다는구나!"

시몬은 즐거워할 수 없었다. 이상하게 눈물이 핑 돌 뿐이었다.

몇 달 뒤 치안장관은 이번에는 총독을 반역죄로 체포했다. 그리고 자신이 총독 자리에 취임했다. 심복인 경비대장은 부관으로 승진했다.

그때부터 이상한 소문이 나돌았다. 조인모 박사와 우홍리 장관을 고발한 사람이 에코반의 전자 시스템을 관리하는 헨리 홍 박사라는 것이었다. 헨리 홍 박사는 바로 제이의 아버지였다.

시간이 지나면서 그 소문은 기정 사실이 되어갔다. 그러나 몇 달 안 되어 헨리 홍 박사 부부마저 부관에 의해 체포되었다. 죄목은 조인모 박사처럼 반역죄였다. 그 뒤 그들이 어떻게 되었는지 아는 사람은 아무도 없었다.

시몬의 부모님은 어린 제이를 자신의 집으로 데리고 왔다. 시몬의 아버지 완다 박사는 제이를 양녀로 키우며 자신의 밀고 사실을 감추고자 했다.

제이는 처음에는 안 가겠다고 버텼다. 그러나 부관까지 나서서 등을 떠미는 바람에 마지못해 시몬의 집에 얹혀 살게 되었다. 제이가 열두 살 때였다.

제이는 시몬 가족의 보살핌에도 불구하고 얼굴을 펴지 않았다. 자주 울었고, 자주 우울증에 시달렸다. 어느 날 밤, 시몬은 제이의 방에 살며시 들어가보았다. 제이는 악몽을 꾸는지 잠꼬대를 하며 뒤척거렸다.

그때 시몬은 잊을 수 없는 제이의 잠꼬대를 들었다. 제이는 손을 내저으며 이렇게 말하는 것이었다.

"수하야, 가지 마!"

시몬은 분노가 치밀었지만 그냥 잠꼬대려니 했다.

이후 시몬은 제이와 자주 어울리고 보살피면서 환심을 사려고 노력했다. 그러나 제이는 마음을 쉽사리 열지 않았다.

'제이도 우리 아버지가 밀고자라는 걸 알고 있을 거야.'

시몬은 그렇게 생각했지만 사실 제이는 아무것도 몰랐다. 다만 시몬 가족의 호의가 부담스럽고, 이유 없이 시몬이 싫었을 뿐이었다. 그리고 갑자기 부모와 수하를 잃은 충격이 너무나 컸던 탓도 있었다.

세월이 흐르면서 시몬은 제이가 수하를 비롯한 과거의 모든 기억을 잊었다고 생각했다. 실제 제이는 환하게 웃으며 아주 조금이었지만 마음을 연 적도 몇 번 있었다. 그런데 뜻밖에도 모든 비밀을 아는 노아 박사가 살아 있다니……. 거기에다 10년 전 지붕 위에서 있었던 일의 진실을 알고 있는 수하까지 멀쩡하게 살아 있다니…….

시몬은 옛 기억을 떨쳐버리려는 듯 세차게 고개를 흔들었다.

시몬은 제이를 찾아갔다. 제이는 음료가 든 잔을 든 채 어두운 창밖을 내다보고 있었다. 시몬은 걱정스러운 얼굴로 다가가 조용히 물었다.

"도대체 누구를 만난 거지?"

그러나 제이는 대답 대신 엉뚱한 질문을 했다.

"왜 수하가 죽었다고 했죠?"

"나도 그렇게 들었을 뿐이야. 분명히 아버지가 그렇게 말씀하셨단 말야!"

제이는 돌아서서 시몬을 노려보았다.

"살아 있는 수하를 봤어요!"

시몬의 얼굴이 일그러졌다.

"나도 봤어!"

제이의 눈동자가 소리 없이 커졌다. 시몬은 분노를 억누르며 말했다.

"그래서? 그놈이 살아 있다고 뭐가 달라져? 그놈은 이제 에코반의 적이야. 네가 알던 예전의 그 수하가 아냐! 그놈에겐 미래가 없어!"

제이는 싸늘하게 웃었다.

"내가 어떻게 할 거라고 생각하나요? 내가 달라지면 어떡하지요?"

시몬은 미간을 찌푸리며 눈을 치켜떴다. 제이도 물러서

지 않았다. 시몬이 양쪽 허리에 손을 대고 말했다.

"제이, 네 생각은 어떤지 모르지만 우린 한가족이나 다름없어. 지난 10년 간 함께 살면서 누구보다 가까웠고, 서로 아꼈어! 넌 내게 소중해. 절대로 변하면 안 돼."

유리창에 비친 시몬의 눈에 눈물이 괸 것 같았다. 하지만 제이의 표정에는 변화가 없었다. 분노, 슬픔 따위가 복잡하게 어른거렸다.

시몬은 밖으로 나서며 침통하게 중얼거렸다.

"널 변하게 한 게 그놈이라면…… 만약 그렇다면 그놈을 결코 가만두지 않겠어."

재회 6

마르 사람들은 술을 즐겨 마셨다. 고된 노동과 불투명한 미래가 그들의 삶을 짓눌렀기 때문이다. 그들은 절망과 좌절을 술로 잊고자 했다. 그러나 마르에서 그들이 갈 수 있는 술집은 그리 많지 않았다. 밀주(密酒)를 파는 허름한 술집 몇 군데와 에코반에서 흘러나온 술을 파는 바가 전부였다.

클럽 나비는 그중 가장 화려한 술집이었다. 중앙에는 대형 무대가 있고, 천장과 무대 뒤에는 인도풍의 아름다운 그림이 그려져 있었다. 사람들은 주로 홀 양쪽에 있는 바와 널따란 홀에서 술을 마셨다.

클럽 나비의 가수 헬렌이 시끌시끌한 공기를 가르며 춤을 추고 있었다. 마르인답지 않게 그녀의 몸은 육감적이고 아름다웠다. 반라의 헬렌에게 넋을 빼앗긴 술꾼들은 무대에서 눈을 뗄 줄 몰랐다. 노란 머리를 치렁치렁 늘어뜨린 헬렌은 입을 벙긋거리며 노래를 시작했다. 허스키한 목소리는 애잔했다. 그 바람에 술집 분위기가 한껏 애조를 띠었다.

노래 한 곡을 끝낸 그녀가 어깨에 걸치고 있던 숄을 집어던지자 그와 동시에 풍만한 가슴이 드러났다. 그녀의 노래와 몸짓은 관능적이었다.

나 춤을 추고 싶어. 춤을 추면 온몸에서 열이 나.
나 꿈을 꾸고 있어. 꿈속에서 난 빛으로 변했어.
난 내가 아닌가봐. 내 몸이 허공에 떠 있어.
내 몸속에 빛이 가득 차서 날 수 있어.
너의 기억 속으로.
열이 나. 온몸에 열이 나. 난 춤추고 있어.
가벼워. 온몸이 가벼워. 난 꿈꾸고 있어.
나는 너야. 너는 나야.
너의 울음소리를 난 들을 수 있어.
열이 나. 열이 나. 가벼워. 가벼워.

노래가 끝나자 헬렌의 발 밑에서 남자들이 "와! 와!" 하며 환호했다.

수하는 무대 오른편에 있는 테이블에 핫도그 패거리와 함께 앉아 있었다. 데이비드 옆에는 한쪽 얼굴이 변색되었지만 몸매가 아주 멋진 여자 하나가 앉아 있었다. 여자는 교태를 부리며 데이비드의 몸에 자신의 몸을 부볐다.

조가 충혈된 눈으로 헬렌의 가슴을 뚫어지게 바라보다가 침을 꿀꺽 삼켰다.

"아흐흐 헬렌, 나두 열 난다. 열 나. 나를 죽여라, 죽여."

데이비드가 여자가 건네는 술을 한 모금 쭉 들이켠 뒤 한마디 했다.

"정신 차려! 네 주제를 알아야지, 임마!"

"뭐라고? 이게 죽으려구!"

조가 씨근덕거리며 일어서서 데이비드의 얼굴을 향해 주먹을 날렸다. 하지만 키가 앉은 사람보다도 작아서 데이비드가 고개를 살짝 돌리자 주먹은 소파 등받이에 가 닿았다. 철한이 버럭 소리 질렀다.

"가만히 좀 안 있어! 뭐 하는 짓거리야!"

철한이 노려보자 조는 어깨를 늘어뜨리며 힘없이 주저앉았다.

철한이 주위를 두리번거리며 조심스럽게 말했다.

"지금 에코반 놈들이 매일 트럭으로 뭔가 실어 나르는 거 알지? 그게 뭔지 궁금한지 않아? 아무래도 좋은 선물일 것 같아!"

조가 입을 삐죽거리고 있다가 엉뚱한 소리를 하며 끼어들었다.

"몰라. 난 헬렌만 있으면…… 헉."

철한이 두툼한 손으로 조의 뒤통수를 갈겼다. 조는 기절한 척 탁자 위에 엎어졌다. 철한이 소리쳤다.

"머리 제대로 안 굴리면 모두 개죽음이야! 정신 똑바로 차리고 잘 들어!"

잠자코 있던 수하가 물었다.

"도대체 뭔 소리야?"

철한은 신중하게 목소리를 낮추었다.

"내일 유전 지역에 들어오는 놈들 트럭 한 대를 빼돌릴 거야. 그러면 놈들이 무슨 선물을 보냈는지 알 수 있고 또 고맙다는 인사도 전하고……."

"그래서?"

수하가 묻자 철한은 어깨를 으쓱거렸다.

"이런 큰일에 어떻게 너를 뺄 수 있겠어. 우리 사이에 의리 빼놓으면 뭐 있냐? 허허헛!"

수하는 입을 벌리고 웃는 철한을 외면하고 고개를 돌려

무대 위를 쳐다보았다. 반짝거리는 의상을 입은 남자 가수가 처량한 노래를 부르고 있었다.

잠시 뒤 수하가 입을 열었다.

"우리에게도 의리라는 게 있나?"

철한의 얼굴에서 웃음이 싹 가셨다. 그리고 무언가 한참 생각을 하더니 고개를 번쩍 쳐들었다.

"너는 안 먹고 안 싸냐? 지금보다 더 잘살고 싶은 거 아냐? 난 좀더 구체적으로 손에 잡히는 걸 원해!"

수하가 싸늘하게 웃었다.

"그래서? 레지스탕스니 뭐니 떠들면서 고작 하는 짓이 도둑질이야? 꼬리나 잘 감추고 조용히 있어"

철한의 얼굴이 분노로 새빨갛게 달아올랐다. 그는 화를 참느라 씩씩거리다가 갑자기 탁자 위의 술병을 집어들었다. 동시에 수하도 허리춤에서 권총을 꺼내 철한의 이마를 겨누었다. 조와 데이비드, 홀 안의 손님들이 겁먹은 얼굴로 두 사람을 쳐다보았다. 주위가 숨 쉬는 소리도 들리지 않을 만큼 조용해졌다.

철한을 노려보던 수하가 총을 거두며 자리에서 조용히 일어섰다.

"머리 속에 콩알만한 뇌라도 있으면 진짜로 뭘 해야 되는지 생각해 봐! 미친 짓 하다 죽는 건 너희들 마음이지만……."

수하는 우디의 손을 잡고 일으켜 세웠다. 그리고 싸늘하게 덧붙였다.

"우디는 끌어들이지 마! 얘한테 무슨 일 일어나면 그때는 정말 가만 안 놔둔다!"

우디의 손을 잡고 클럽 나비를 빠져나오는 수하의 가슴은 답답했다. 알 수 없는 절망감과 피로 따위가 어깨를 짓눌렀다.

수하가 사라지자 홀 안이 또다시 어수선해졌다. 조가 썰렁해진 분위기를 띄우려고 나섰다.

"췌! 저밖에 모르는 놈. 오늘 내가 우디를 구해줬는데 고마운 줄도 모르고……. 겁나면 빠지라 그래. 저 없으면 뭐 못 할 줄 아나. 자, 자. 뮤직, 뮤직!"

철한은 조의 이야기를 듣는지 안 듣는지 비장한 표정으로 자리에 주저앉았다.

수하는 우디를 데리고 유조선으로 돌아왔다. 그리고 우디를 난간에 앉히고 우디가 건넨 고글을 가만히 들여다보았다. 그러다가 뭔가 다짐한 듯 우디를 쳐다보았다.

"너 그놈들이랑 같이 살래?"

"왜? 혀, 형 화났어?"

우디는 겁먹은 얼굴로 물었다. 수하가 잠자코 있자 우디는 금방 울상을 지었다.

"화, 화나서 나, 나 두고 어디 가려는 거지?

"내 말 안 듣고 멋대로 다니니까 하는 얘기야."

"다 알아. 비, 비행기 다 만들면 나, 나, 날 놔두고 호, 혼자……. 씨이, 그, 그러면 주, 죽어버릴 거야!"

갑자기 설움이 복받쳤는지 우디가 울음을 터뜨렸다. 수하가 가볍게 우디의 머리를 쥐어박으며 타일렀다.

"어디서 못된 것만 배워갖고. 죽는단 소리 함부로 하는 거 아냐, 알았어? 형은 널 안 버려. 그러니까 걱정 마!"

우디는 수하 품으로 파고들었다. 한참을 울먹이며 그렇게 있었다. 수하는 우디를 떼어내며 고글을 내밀었다.

"이거 너 가져. 난 필요 없어."

우디는 수하의 손을 떼밀었다.

"비, 비행기 타, 타, 타려면 이, 이거 꼭 필요해. 형 가져!"

"됐어, 난 아무 데도 안 가."

"저, 정말? 아무 데도 아, 안 가?"

우디는 믿을 수 없다는 표정을 지었다. 수하는 고개를

끄덕였다. 멀리 잿빛 하늘을 올려다보는 그의 눈빛이 흔들렸다. 먹구름 사이로 붉은 노을이 은은하게 번지고 있었다.

요란한 천둥 소리와 함께 번개가 내뿜는 빛이 날카롭게 창문을 파고들었다. 수하의 얼굴에 식은땀이 흘렀다. 수하는 몸을 뒤척거리며 얕게 신음을 토해냈다.

일곱 개의 눈을 가진 양이 보였다. 선량한 눈들이 갑자기 모두 핏빛으로 물들었다. 거대한 성전 뒤로 먹구름이 몰려왔다. 텅 빈 성전 안에 어린 제이가 앉아 있었다. 까마귀 한 마리가 거대한 날개를 펼치며 제이를 덮쳤다. 수하는 놀라서 울음을 터뜨렸다. 성직자 옷을 입은 시몬이 성경책을 내밀었다. 그 위로 피가 번졌다.

번개빛이 창문 안으로 들어와 어두운 실내를 번쩍 비추었다.

"헉."

수하는 비명을 지르며 벌떡 일어났다. 번개가 또 한 번 요동을 쳤다. 땀에 흠뻑 젖은 수하의 얼굴이 환하게 드러

났다 사라졌다. 머리맡의 시계는 새벽 세 시를 가리켰다. 수하는 꿈을 떠올리며 이마의 식은땀을 훔쳤다.

그 시각, 에코반의 경비대에는 비상이 걸렸다. 도열해 있는 경비대원들 머리 위에 있는 스피커에서 지시 사항이 쏟아졌다.

"오늘 작전의 표적은 델로스 시스템 침투 용의자. 제5번 해협에 있는 낡은 유조선이 놈의 은신처이다. 반항하면 사살해도 좋다. 이상!"

에코반을 빠져나온 수십 대의 바이크가 요란한 굉음을 내며 마르로 뻗어 있는 도로 위를 질주했다. 짙은 어둠 속에서 바이크의 불빛이 먹이를 좇는 맹수의 눈빛처럼 번쩍거렸다. 야트막한 산 너머에서 벼락 소리와 함께 번개가 번쩍거렸다.

경비병들은 유조선에서 한참 떨어진 곳에 바이크를 세웠다. 시몬은 부하들에게 진입 명령을 내렸다. 경비병들은 재빠르게 철제 계단을 올라 갑판을 지났다. 그리고 2층 선실로 올라가는 입구에서 호흡을 골랐다. 그 중의 한 명이 진입 신호를 보내자, 경비병 두 명이 동시에 문을 걷어찼다. 총에 달린 전등으로 어지럽게 방 안을 비추었다. 텅 비어 있었다. 당황한 경비병들 눈에 지구본이 보이고, 총알 자국이 난 전축이 보이고, 깨진 유리창이 차례차례 보였다.

경비병이 통신기에 대고 빠르게 보고했다.

"알파 원, 비어 있습니다!"

"알파 투, 여기도 없습니다!"

그 순간 창문 쪽에 매달려 있던 모형 비행기가 빙그르르 돌았다. 누군가 "어?" 하고 놀란 소리를 내는데, 폭발음과 함께 눈앞이 번쩍했다.

시몬은 배 밑창에 있는 기계실을 살피고 있다가 폭발 소리를 들었다.

"제기랄!"

그의 얼굴이 심하게 일그러졌다.

수하는 멀리 떨어져서 배에서 일어나는 상황을 낱낱이 지켜보고 있었다. 경비병들이 갑판 위에서 허둥지둥 뛰어다니는 모습을 보며 수하는 바이크의 시동을 걸었다.

"자, 꽉 잡아!"

우디는 앞쪽으로 바짝 당겨 앉으며 수하의 허리를 꼭 끌어안았다.

에코반과 마르를 잇는 도로 위에는 짙은 먹구름이 낮게 깔려 금방이라도 땅을 뒤덮을 듯했다. 에코반 수송대 트럭들은 전조등을 켜고 천천히 이동했다. 간간이 마른번개가 번쩍거려 사방을 환하게 비추었다. 차량들은 철교를 지나 빠르게 마르 쪽으로 굴러갔다.

데이비드와 철한은 마르 입구에 있는 야트막한 둔덕에 엎드려 망원경으로 에코반 쪽을 살폈다. 뒤에서는 조와 다른 핫도그 패거리들이 카드놀이를 즐기고 있었다.

"젠장, 이게 뭐야? 이렇게 있다가 늙어 죽는 거 아냐?"

데이비드가 철한을 보며 투덜거렸다.

철한은 데이비드가 들고 있던 망원경을 빼앗아 들고 찬찬히 사방을 살폈다. 그러다가 동작을 멈추고 어린애처럼 흥얼거렸다.

"흐흐, 온다, 와! 큰일을 하려면 기다리는 법부터 배워."

데이비드가 이맛살을 찌푸리며 살펴보니 유전 지역 근처에 있는 낡은 창고 앞에 트럭들이 도열하고 있었다. 바랑바랑거리는 트럭 소리가 모기 소리만하게 들렸다.

조가 잽싸게 데이비드의 망원경을 빼앗았다.

"어디 보자. 어, 정말이네. 근데 저걸 어떻게 뺏지?"

철한은 씩 미소를 지었다.

"걱정 마!"

20여 분 뒤 핫도그 10여 명은 드럼통을 펼쳐 만든 트럭을 몰고 창고 앞으로 접근했다. 경비병 두 명이 가로막았다. 조수석에 앉은 조가 인부들이 차는 완장을 내보이며 살살거렸다.

"수고하십다! 늦었습다!"

경비병 둘이 의심스러운 눈초리로 차량을 훑어보았다. 그 중 한 명이 조에게 다가오더니 손을 내밀었다.

"뭐야? 패스부터 내놔봐!"

"아, 그렇지. 패스…… 패스라……. 조금 전까지 여기 있었는데 어디 갔지?"

조는 몸을 돌려 뒷자리에서 찾는 척했다. 그 사이 옆에 앉은 데이비드가 뒤쪽 짐칸에 숨어 있는 다른 패거리들에게 신호를 보냈다. 핫도그들은 슬며시 무기를 들어올렸다.

참을성 없는 경비병 하나가 소리쳤다.

"뭐 해? 허튼짓 말고 차에서 내려!"

경비병 한 명이 갑자기 차 뒤로 다가갔다. 적재함을 살피려는 것 같았다. 그가 포장을 들어올리는 순간 철한이 커다란 망치로 그의 머리통을 갈겼다. 요란한 비명이 들리자 조 옆에 서 있던 경비병이 뒤쪽을 쳐다보았다. 조는 그

틈을 이용해 문을 확 열어젖히며 경비병을 쓰러뜨렸다.

"자, 내렸다. 어쩔래?"

조가 쓰러진 경비병을 발로 걷어차며 이죽거렸다.

데이비드와 다른 핫도그들도 트럭에서 뛰어내렸다. 창고 쪽에서 경비병들이 달려오며 총을 쏘았다. 조는 핫도그들의 엄호를 받으며 에코반 트럭 위로 뛰어올라 준비한 만능 열쇠로 재빨리 시동을 걸고 트럭을 출발시켰다. 옆에 세워둔 바이크 몇 대가 부딪혀 쓰러지며 우당탕탕 소리를 냈다.

철한과 데이비드는 다른 핫도그들과 함께 트럭 뒤에 뛰어올랐다. 경비병들은 멀어지는 트럭을 향해 콩 볶듯이 총을 쏘았다. 핫도그들이 탄 트럭은 좌우로 요동치며 멀리 사라져갔다.

"중지, 중지! 사격 중지!"

언제 나타났는지 경비병들 뒤에 서 있던 부관이 명령했다. 그의 표정은 전에 없이 딱딱하게 굳어 있었지만, 묘한 웃음이 입가에 번졌다.

핫도그들이 탄 트럭은 마르 거리를 무법자처럼 달렸다. 조가 운전대를 탕탕 두드리며 소리쳤다.

"와우! 좋았어! 해냈어! 모두 객도추한으로 간다. 거기에서 파티를 열자!"

부관은 창고에 마련된 지휘소 내부에서 모니터를 들여다보았다. 모니터에는 트럭이 이동하는 경로가 붉은 점으로 나타났다. 부관이 반딧불이처럼 움직이는 그 불꽃을 노려보고 있는데 시몬이 나타났다.

"탈취 사건이 발생했다고 들었습니다."

부관은 자리를 박차고 일어나며 호통을 쳤다.

"자네는 뭐 하는 작자야! 벌레들이 여기까지 들어와서 물건을 훔쳐 가는 게 말이 돼! 말이 되냐구?"

시몬은 잠시 고개를 숙였다가 흥분한 목소리로 말했다.

"뭘 어디까지 옮기는지 알지도 못하는 트럭을 어떻게 지키라는 겁니까?"

부관은 몸을 돌리며 특유의 비꼬는 투로 말했다.

"빈집 털이나 하는 주제에 말은 잘하는군. 오죽하면 내가 직접 경비에 나섰겠나?"

모니터를 살피던 대원 하나가 자리에서 일어나며 부관에게 보고했다.

"목표물이 2구역 해안 쪽으로 방향을 바꾸었습니다."

부관은 시몬을 노려보며 차갑게 내뱉었다.

"최종 목적지가 확인되는 대로 놈들을 싹 쓸어버려!"

시몬은 심각한 얼굴로 상황실 대원 옆으로 다가와 모니터를 들여다보았다.

객도추한(客島追恨 : 나그네로 들른 섬에서 회한의 눈물을 흘린다는 뜻)은 마르에서 유일하게 고기를 파는 곳이었다. 마르인들은 콩 이외에는 단백질을 전혀 섭취하지 못했다. 그래서 개의 변형 동물을 인공 사육해 그 고기를 단백질 공급원으로 삼고 있었다.

드넓은 객도추한 한쪽에서 핫도그들은 시끄럽게 웃고 떠들며 고기를 구워댔다. 고기가 불판에서 치익치익 소리를 내면서 먹음직스럽게 익어갔다. 기름진 고기 냄새가 실내에 가득했다. 우디와 눈먼 소녀 카렌도 그 사이에 끼어 있었다.

허겁지겁 고기를 주워 삼키던 조가 혀로 입술을 핥으며 "끄윽" 하고 트림을 했다.

"흐유, 이제 좀 살 것 같군! "

객도추한 주인 티폰이 다가왔다. 머리를 박박 밀고 가슴이 떡 벌어진 티폰은 한눈에도 고깃집 주인 같았다. 눈빛이 고양이처럼 매서운 그가 말했다.

"개털들 주제에 웬 육고기 파티야? 다 먹었냐? 먹었으면 돈을 내야지."

티폰은 시퍼런 칼날을 손바닥에다 쓱 문지르며 윽박질

렸다.

“외상 같은 소리 하면 알아서 해! 너희들 살을 베어서라도 보충할 테니까!”

철한과 데이비드는 가소롭다는 듯이 어깨를 으쓱거렸다. 조가 건들거리며 일어섰다.

“이거 우리 주머니가 한때 썰렁했다고 그렇게 개털 취급하면 섭하지. 우리 같은 미래의 VIP를 그런 식으로 대접하면 가게 문 닫는 것도 시간 문젤걸, 암!”

티폰은 그제야 눈치를 채고는 인상을 폈다.

“자식들, 큰소리치는 걸 보니 한탕 했구먼!”

철한은 마지막 남은 고기 한 점을 입 안에 털어넣은 뒤 호기롭게 외쳤다.

“자, 나가자!”

철한은 티폰의 어깨를 두드리며 덧붙였다.

“계산은 이따 하리다!”

핫도그들이 밖으로 나오자 마른번개가 잇달아 번쩍거렸다. 거리는 을씨년스러웠다. 몇 명이 트럭 적재함에서 큰 상자 몇 개를 끌어내렸다. 상자는 이내 객도추한 안으로 옮겨졌다.

그 순간, 에코반의 경비병들은 소리 없이 객도추한을 에워싸고 있었다.

핫도그들이 상자를 들고 들어오자 우디는 카렌의 손을 놓고 그쪽으로 달려갔다. 무엇인지 궁금했다. 카렌은 더듬더듬 주위를 휘젓다가 의자에 손이 닿자 그곳에 앉았다. 우디는 상자와 데이비드를 번갈아 쳐다보다가 말했다.

"이, 이게 뭐야?"

데이비드는 두 팔을 벌리며 으쓱거렸다.

"귀중한 전리품이지."

티폰은 민머리를 매만지며 부러운 듯 중얼거렸다.

"짜식들, 진짜 큰 건 하나 했나보네……."

조는 피식 웃은 뒤 티폰의 눈앞에 얼굴을 디밀었다.

"개털이라며? 내 살 베어낸다며?"

철한이 인상을 쓰며 소리쳤다.

"야야, 입 닥치고 상자나 열어!"

핫도그들은 낄낄거리며 상자를 열었다. 그러나 뚜껑을 여는 순간 모두 표정이 굳어버렸다. 상자 안에는 축구공만한 흰 덩어리와 함께 번쩍거리는 빨간 등이 들어 있었다. 핫도그들은 뭐가 뭔지 몰라 당황스러워했다.

"이게 뭐지? 무엇에 쓰는 물건인고?"

데이비드는 흰 덩어리를 만지작거렸다.

"뭐야, 왜 이렇게 번쩍거리는 거야?"

조는 빨간 등을 들어올리려고 잡아당겼다.

그 모습을 지켜보던 티폰이 소리를 질렀다.

"야, 이 병신들아! 이건 폭탄이야! 고성능 추적 폭탄!"

그의 말이 끝나기가 무섭게 실내의 불빛이 한꺼번에 사라졌다. 폭탄에 장착된 빨간 등만이 소름끼치게 번쩍거렸다. 핫도그들은 겁을 먹고 사방으로 흩어졌다. 곧이어 '쾅!' 소리와 함께 화염이 치솟으며 지붕이 주저앉았다.

수하는 노아 박사와 함께 잠수정 위에서 낚싯대를 드리우고 있다가 그 소리를 들었다. 나무 타는 냄새와 사람들의 비명소리가 들려왔다. 노아 박사가 빈 찌를 들어올리며 중얼거렸다.

"저놈들, 얌전히 있으랬더니…… 쯧쯧."

"한탕 하겠다고 하더니 기어코……."

수하도 못마땅한 투로 중얼거렸다.

노아 박사가 다시 찌를 바다에 던져 넣으며 수하를 쳐다보았다.

"글라이더는 이상 없다고 했지?"

"네. 그런데 무슨 생각하시는 거죠?"

"이제 방법은 한 가지뿐이다!"

수하는 머리를 긁적이며 말했다.

"근데 어쩌죠. 전 자신이 없는데……."

노아 박사는 화가 치미는지 낚싯대를 거두었다. 그리고 수하를 노려보다가 잠수정 안으로 쑥 들어가버렸다.

폭탄이 터지는 것을 신호로 시몬은 객도추한 안으로 부하들을 진입시켰다.

제이와 경비병들은 총을 겨누며 외쳤다.

"꼼짝 마! 모두 무기를 버려라! 손가락 하나 까딱 해도 쏜다! 바닥에 엎드리고 손을 뒤로 올려!"

구석구석에 숨어 있던 핫도그들은 폭발로 무너진 벽을 타넘어 도망쳤다.

티폰은 우디와 카렌을 데리고 주방 안으로 급히 대피했다. 그리고 두 아이를 대형 냉장고 안으로 밀어 넣었다.

"아무 소리 내지 말고 여기 가만있어. 나오면 안 돼! 알았지?"

카렌과 우디는 고개를 끄덕거렸다. 티폰이 급하게 냉장고 문을 닫고 나가자 우디는 한 팔로 카렌을 감싸주었다.

그때 밖에서는 애완동물 페토가 달려와 앞발로 냉장고 문을 북북 긁어댔다. 하지만 안타깝게도 우디와 카렌은 그 소리를 듣지 못했다.

티폰은 주방에서 뛰어나오며 커다란 식칼을 경비병들을 향해 던졌다. 칼은 휘릭 소리를 내며 경비병 사이로 날아가더니 제이 옆을 아슬아슬하게 스쳐 나무 기둥에 꽂혔다. 제이는 꿈쩍도 하지 않고 티폰을 노려보았다. 티폰은 재빨리 오른쪽 주방으로 몸을 숨겼다. 에타와 다른 경비병 몇이 뻥 뚫린 지붕 위에서 내려오며 숨어 있는 핫도그들을 향해 사격했다.

제이는 기둥 뒤에 몸을 숨긴 채 다른 경비병들이 총 쏘는 것을 지켜보았다. 곳곳에서 산발적으로 대응하는 총소리가 들렸다. 누군가가 가스탄을 던졌다. 흰 연기가 나며 여기저기에서 재채기 소리가 터져 나왔다. 제이도 기침을 하며 티폰이 사라진 주방 쪽으로 접근해 갔다.

시몬은 입구로 들어서며 통신기에 대고 나지막이 명령했다.

"여기는 찰리. 지하 침투 개시. 델타는 포위망을 확보하고, 도주하는 놈을 제거하라!"

데이비드와 조는 객도추한 왼쪽 깊숙이 자리잡은 고기저장고 안에 숨어 적들이 다가오기를 기다렸다. 비릿한 냄새가 비위를 자극했지만, 크고 육중한 고기들은 엄폐물로 더없이 좋았다.

경비병 두 명이 다가왔다. 그들을 향해 데이비드의 총

에서 불이 뿜었다. 경비병들은 아무 저항도 못하고 그 자리에 쓰러졌다. 다른 경비병 예닐곱 명이 복수라도 하겠다는 듯 고기 저장고 쪽으로 몰려와서 닥치는 대로 갈겨댔다.

빗발치듯 날아온 총알은 두툼한 고깃덩어리에 박히며 철퍽철퍽 소리를 냈다. 살점과 함께 피가 튀었다. 핫도그 두 명이 팔과 다리를 움켜쥐며 그 자리에 주저앉았다. 데이비드와 조도 정신없이 방아쇠를 당겼다. 갑자기 데이비드가 총을 내던지며 다급하게 외쳤다.

"젠장! 꼭 이럴 때 총알이 떨어져!"

조도 총을 집어던졌다. 그가 흥분과 혼란을 억누르며 데이비드의 귀에 대고 속삭였다.

"저쪽으로 건너가자. 자, 잘 봐! 숙달된 조교가 먼저 건너갈 테니……."

왼편 뒤쪽에는 고기를 들여오는 뒷문이 있었다. 조는 순식간에 고깃덩이들 사이를 지나 그쪽으로 달려갔다. 총알은 딱딱거리며 고기를 스쳐 지났다. 다람쥐처럼 달리던 조가 갑자기 멈칫거리는가 싶더니 그 자리에 고꾸라졌다.

"이런, 제길!"

그의 다리에서 피가 흘러내렸다. 데이비드가 건너편에서 입에 손을 대고 소리쳤다.

"조! 조! 괜찮아?"

조는 피에 흠뻑 젖은 다리를 내려다보며 인상을 썼다.

"아, 젠장! 스타일 다 구기네!"

데이비드는 용기를 내려고 주먹을 꽉 쥐었다. 선택은 한 가지였다. 그는 조를 한 번 더 건너다본 뒤 달리기 시작했다.

"개자식들, 내가 간다! 조, 기다려!"

데이비드는 있는 힘을 다해 발을 굴렀다. 하지만 그는 눈에 띄게 느렸다. 총소리 때문에 귀가 먹먹해지는가 싶더니 갑자기 가슴께가 뜨끔했다. 그리고 신음을 토해내며 주저앉았다. 가슴께를 내려다보니 벌써 피가 흥건했다.

데이비드는 인상을 쓰며 조가 있는 쪽으로 기어갔다. 눈은 이미 반쯤 풀린 상태였다. 총알이 몇 발 더 날아와 데이비드의 옆구리에 파고들었다.

조는 데이비드에게 달려나가려고 했다. 순간 철한의 커다란 손이 조의 목덜미를 잡아챘다. 철한은 그대로 조를 잡아끌고 뒷문으로 나갔다. 트럭이 시동을 건 채 대기 중이었다.

철한은 조를 트럭 적재함에 떠밀어넣고는 자신도 올라탔다. 트럭이 움직이는데 핫도그 몇 명이 달려와 뒤에 매달렸다. 경비병 두 명이 뒤쫓아 나오다가 통신기에 대고 소리쳤다.

"트럭 한 대가 뒷길로 도망친다!"

지하실에서 올라오던 시몬은 다급하게 소리쳤다.

"알파만 남고 모두 추격해!"

트럭은 전조등을 켠 뒤 닥치는 대로 들이받으며 큰길로 나섰다. 경비병들의 바이크가 그들을 뒤쫓았다. 핫도그 한 명이 연막탄을 꺼내 길에다 던졌다. 노란 연기가 뭉게뭉게 피어오른 뒤 바이크들이 급하게 브레이크를 밟는 소리가 들렸다.

우디와 카렌은 부둥켜안은 채 온몸을 바들바들 떨었다. 우디는 카렌의 입에서 새어나오는 새하얀 입김을 두려운 표정으로 쳐다보았다.

"괘, 괜찮아?"

카렌은 부들부들 떨며 간신히 입을 뗐다.

"오, 오빠. 나 너, 너무 추워……."

우디는 입고 있던 조끼를 벗어 카렌의 등에 걸쳐주었다. 밖에서 총소리가 어렴풋하게 들려왔다. 우디는 두 팔로 카렌을 감싸 안았다. 총소리 탓인지 차가운 카렌의 몸

이 더욱 떨렸다.

총소리가 잦아들자 우디는 카렌을 품에서 살며시 떼어내며 일어섰다.

"내, 내가 수, 수하형을 부, 불러올게!"

카렌이 따라 일어섰다.

"나, 날 두고 가지마. 무서워! 같이 가!"

우디는 카렌의 머리에 꽂혀 있던 국화 모양의 핀을 빼서 손에 쥐어주었다.

"이, 이걸 꼭 쥐고 있으면 괘, 괜찮을 거야. 조, 조금만 기다려!"

카렌은 두 손으로 핀을 꼭 쥐었다.

"조, 조용히 있어야 돼! 무, 무 무섭다고 노, 노래하면 안 돼. 아, 알았지?"

카렌은 고개를 끄덕였다. 우디는 냉장고 문에 귀를 대고 밖의 동정을 살폈다. 숨을 고른 뒤 우디는 카렌을 돌아보았다. 카렌의 눈에서 눈물이 흘러내렸다. 우디는 두 손으로 냉장고 문을 힘껏 밀쳤다.

주방에는 아무도 없었다. 우디는 조심스레 주방을 나와 식당 안을 살펴보았다. 입구 쪽에서 경비병 몇 명이 시체를 나르고 있었다. 우디는 바닥을 거의 기다시피 해서 고기 저장고 쪽으로 가보았다. 사람들 몇 명이 엎어져 있었고, 피비린내가 코를 찔렀다. 뒤쪽에서 인기척이 들려 우디는 재빨리 고기를 자르는 싱크대 밑으로 기어들어 갔다. 어디에 있었는지, 토끼처럼 귀를 쫑긋 세운 페토가 쪼르르 달려와 반갑다고 꼬리를 흔들며 우디 다리에 몸을 비볐다. 우디는 낑낑대는 페토의 입을 틀어막았다.

"쉿, 조용히 해!"

수하에게 갈 수 있는 방법을 궁리해 보았다. 방법은 한 가지, 뒷문이나 깨진 유리창을 넘어서 가는 수밖에 없었다. 오른쪽 창문 너머로 어두운 바다가 내다보였다. 우디는 페토를 끌어안고 일어섰다. 그때 누군가의 발소리가 났다. 우디는 다시 싱크대 밑으로 굴러 들어갔다. 눈앞에 경비병들의 반짝거리는 검은 구두가 보였다. 손을 뻗으면 닿을 것 같았다. 우디는 한 손으로 페토의 입을 막고 숨을 멈추었다. 답답한지 페토가 발버둥을 쳤다. 다행히 경비병들은 곧 밖으로 나갔다. 우디는 페토를 풀어주었다.

우디는 조심스레 다시 창문 쪽으로 다가갔다. 그런데 페토가 보이지 않았다.

"페토! 페토!"

자그맣게 부르는 소리를 듣고 페토가 땅에 떨어진 고기를 뜯어먹다가 쪼르르 달려왔다. 불러주어서 반갑다는 듯 페토는 긴 혀를 내밀며 재롱을 피웠지만 우디는 페토를 안

아올리며 손으로 주둥이를 막았다. 갑갑한지 페토가 우디의 손을 콱 깨물어버렸다.

"아야!"

경비병들이 고기 저장고 안으로 뛰어들어왔다. 그때 창문 위로 무언가 훌쩍 넘었다. 요란한 총소리가 뒤를 이었다가 멈추었다. 경비병 한 명이 조심스레 창가로 가더니 멋쩍게 웃었다. 어둠 속으로 작은 동물 한 마리가 달아나고 있었다. '집합' 소리에 경비병들이 후다닥 밖으로 뛰어나갔다.

우디는 안도의 한숨을 내쉬며 눈을 감았다. 그 순간 누군가의 손이 입을 막았다. 놀란 우디는 빠져나오려고 발버둥쳤다.

"쉿! 카렌은 어디 있어?"

수하였다. 긴장이 풀린 우디는 사지를 뻗고 그 자리에 누워버렸다.

제이는 주방 안으로 조심스레 들어섰다. 오른쪽으로 고기를 삶는 커다란 솥이 네댓 개 걸려 있었다. 구석에 핫도그 두 명이 쓰러져 있는 모습이 보였다. 왼쪽 구석에 대형 냉장고가 있었다. 한눈에도 수상쩍어 보였다. 그때 제이의 귀에 희미한 노랫소리가 들려왔다.

제이는 총을 겨눈 채 냉장고 문을 열어젖혔다. 찬 공기와 함께 안개 같은 김이 새어나왔다. 노랫소리가 뚝 그쳤다. 제이는 긴장한 채 냉장고 안을 살폈다. 서너 걸음쯤 안으로 들어갔을 때 말소리가 들렸다.

"우디 오빠, 추워!"

제이는 놀라서 총을 겨누었다. 얼굴에 허옇게 성에가 낀 소녀가 앉아 있었다. 덜덜 떠는 손바닥에는 국화 모양의 핀이 놓여 있었다. 제이는 추위와 무서움에 발발 떠는 소녀를 내려다보다가 꼭 끌어안았다. 아이는 얼음처럼 차가웠다.

"이런, 금방 따뜻해질 거야."

냉장고 밖으로 안고 나오려는데 카렌이 참았던 울음을 터뜨렸다.

"안 돼. 여기 나가면 안 돼! 수하 오빠 데리고 온다고 했단 말야."

수하라는 이름에 제이는 걸음을 멈추었다. 그리고 숨을 고른 뒤 카렌의 귀에 대고 속삭였다.

"나가야 돼. 여긴 위험해."

수하는 우디를 데리고 경비병들이 서성거리고 있는 식당 안쪽을 피해 뒷문으로 나왔다. 그리고 뒤꼍으로 이동했다. 뒤꼍 너머로는 바로 바다였다. 한쪽에 집채만한 물탱크가 자리잡고 있었다. 고기를 씻고 다듬는 데 쓰는 물을 담아놓은 것이었다.

건너편에서 누군가 다가오는 모습이 보였다. 한쪽 기둥에 몸을 숨긴 채 수하는 그가 지나가기를 기다렸다. 수하는 지나치는 사람을 보다가 침을 꿀꺽 삼켰다. 잿빛 머리의 시몬이었다. 그는 총을 손에 들고 날카로운 눈빛으로 주위를 살폈다.

수하는 그가 빨리 지나가기를 바랐다. 그런데 운이 나빴다. 페토가 어느 구석에서인가 나타나 수하와 우디가 숨어 있는 쪽으로 달려왔다. 그 기척을 느낀 시몬이 몸을 돌려 페토에게 권총을 겨누었다. 우디가 달려나가며 소리쳤다.

"안 돼!"

시몬은 우디를 노려보다가 곧이어 수하가 나타나자 의미를 알 수 없는 미소를 지었다. 시몬은 수하에게 총을 겨눈 채 다가갔다. 수하는 우디를 보호하고 싶어 두 손을 들었다. 먼저 입을 연 것은 시몬이었다.

"어리석은 놈, 제 발로 나타나다니……. 이번에는 확실히 없애주마!"

수하는 기회를 노렸다. 그러나 시몬은 경비대장답게 좀처럼 허점을 보이지 않았다. 기회를 만들어준 것은 위기를 부른 페토였다. 페토가 우디 품안에서 갑자기 뛰어내려 시몬의 발을 물어버린 것이다. 시몬이 아래를 내려다보며 페토를 발길질하는 순간, 수하의 발이 허공을 갈랐다. 그와 동시에 시몬의 권총이 바닥에 떨어졌다.

"후훗, 네 놈이……."

시몬은 짧게 웃은 뒤 눈 깜짝할 새에 번쩍거리는 군홧발로 수하의 옆구리를 걷어찼다. 쓰러졌던 수하는 간신히 일어서며 이를 악물었다. 이번에는 주먹이 수하의 얼굴을 향해 날아왔다. 수하는 고개를 돌려 피하며 오른발을 날렸다. 그의 발이 시몬의 굵은 무릎을 강타했다.

제이는 식당 안에서 다투는 소리를 듣고, 다급하게 밖으로 나왔다. 싸움을 벌이고 있는 사람들이 시몬과 수하임을 발견한 제이는 안타까움에 몸이 굳어버렸다.

시몬은 주먹으로 수하를 때려눕힌 뒤 발로 배를 짓이겼다. 수하는 두 손을 짚고 무릎으로 바닥을 기다가 간신히 일어섰다. 입가에 피가 낭자했다. 시몬은 기회를 주지 않

겠다는 듯 발로 수하의 얼굴을 걷어찼다. 수하는 기둥에 부딪히며 맥없이 쓰러졌다. 코와 입에서 시뻘건 피가 흘러내렸다. 수하는 일어서려고 안간힘을 썼다.

시몬이 히죽 웃으며 한쪽에 떨어져 있는 총을 집어들었다. 그리고 천천히 수하에게 다가오며 총알을 장전했다.

"이 지긋지긋한 놈. 이번에는 확실히 없애주마. 일어서! 이제 다 끝난 거야!"

수하는 피투성이 얼굴을 손으로 닦으며 일어섰다.

"10년 전과 변한 게 하나도 없군. 군인다운 기품까지……. 역시 에코반의 영웅다워"

시몬은 발끈해서 수하의 무릎을 향해 발길질했다. 수하는 다시 주저앉았다. 시몬은 넘어진 채 고통스러워하는 수하를 향해 윽박질렀다.

"반역자 노아는 어디 있나?"

수하는 비죽 웃었다. 시몬은 군홧발로 수하의 배를 짓이겼다.

"그래! 10년 전에도, 지금도, 앞으로도 나는 변하지 않아. 아니, 변한 게 있지. 에코반을 위협하는 건 뭐든지 내 손으로 쏴 죽일 수 있다는 거야! 네 놈도! 반역자 노아도!"

수하는 비웃으며 비아냥거렸다.

"10년 전의 비밀을 고스란히 묻어버리겠다, 그 말씀인가?"

시몬은 움찔했지만 이내 침착함을 되찾고 쏘아붙였다.

"후후. 그래, 맞아! 우리 아버지는 네 아버지와 노아 박사를 구렁텅이에 빠뜨린 밀고자였어. 그러나 이제 그것이 무슨 의미가 있지?"

수하는 입가의 피를 옷소매로 문지르며 다시 한 번 시몬의 감정을 자극했다.

"제이의 아버지에게 누명을 씌운 것도 네 아버지였지? 밀고자의 아들이라. 하하하핫!"

수하가 고개를 젖히고 웃음을 터뜨리자, 시몬은 분을 삭이지 못하고 권총으로 수하의 머리를 내리쳤다.

"그게 지금 무슨 상관이야? 제이와 나를 위해서 이제 너는 죽어줘야겠어!"

시몬은 이글거리는 눈빛으로 수하의 가슴에 총을 겨누었다. 수하는 머리가 멍해지는 기분이었다. 그때였다.

"쏘지 마! 내겐 그 일이 아직도 상관있어!"

수하는 갑작스러운 제이의 출현에 정신을 차렸다. 시몬의 얼굴은 놀라움과 충격으로 일그러졌다.

"비켜, 비키란 말야! 이놈만 죽으면 모든 게 다 끝난단 말야!"

시몬은 수하 앞을 가로막고 서 있는 제이를 밀쳤다. 하

지만 제이는 꿈쩍도 않았다. 시몬은 제이의 깊은 눈을 들여다보다 말고 두 손으로 머리를 쥐어뜯었다. 고통과 번뇌가 얼굴에 가득했다.

우디는 페토를 안고 물탱크 옆에 서서 안절부절못했다. 수하가 일방적으로 얻어맞는 것을 보면서 그의 가슴은 찢어지는 듯했다.

시몬은 머리를 쥐어뜯다 말고 갑자기 수하의 가슴을 걷어찼다. 수하가 힘없이 나가떨어졌다. 시몬은 권총을 겨누며 저승사자처럼 엄숙하게 말했다.

"나나 제이를 위해 이젠 죽어줘야겠어!"

우디는 수하를 도울 방법을 찾아 주위를 두리번거리다가 물탱크 레버를 발견했다. 오로지 수하를 살려야겠다는 생각으로 우디는 그쪽으로 뛰었다. 시몬이 놀라 본능적으로 우디를 향해 방아쇠를 당겼다. 총알이 작은 우디의 복부를 관통했다. 우디는 헉 소리를 내며 앞으로 고꾸라졌다. 그리고 그의 몸이 레버에 걸리며 자동으로 물탱크 수문이 열렸고 엄청난 물이 홍수처럼 흘러나왔다.

축 늘어진 우디의 몸이 먼저 물에 잠겼다. 수하는 죽을 힘을 다해 우디 쪽으로 기어가려고 했다. 시몬은 놓칠세라 수하에게 총을 겨누었다. 제이가 그 앞을 가로막았다.

"비켜!"

시몬이 소리쳤다. 그 사이 엄청난 물살이 수하와 우디를 쓸고 내려갔다. 시몬은 한쪽으로 물러서며 총알을 발사했다. 하지만 수하의 몸은 이미 물에 잠긴 뒤였다. 제이가 손을 뻗으며 그 뒤를 쫓았다.

한낮의 마르에는 마치 어젯밤의 피비린내를 날려버리겠다는 듯 바람이 불었다. 지붕 위에 널어놓은 알록달록한 빨래들이 깃발처럼 펄럭거렸다. 수하는 달그락거리는 창문을 올려다보았다. 멀리 잿빛 하늘이 우울하게 드리워져 있었다.

노아 박사가 헛기침을 하며 들어섰다. 그리고 우디의 입에 씌웠던 인공 호흡기를 떼어내며 뒤를 돌아보았다. 수하는 그의 눈빛이 무엇을 의미하는지 금방 알아차렸다. 수하가 고개를 끄덕이자 노아 박사도 고개를 끄덕였다. 다행히 우디는 안온한 얼굴이었다. 수하는 우디의 머리카

락을 매만지다 말고 눈물을 떨어뜨렸다.

"난 내가 너를 보살피는 줄 알았는데……. 네가 나를 보살피고 있었구나!"

고개를 떨군 채 수하는 우디가 듣는 것처럼 말했다.

"네게 꼭 지브롤터의 파란 하늘을 보여주고 싶었는데. 파란 하늘을……."

마르의 공동묘지는 초라하고 협소했다. 바닷가 한쪽 언덕에 나무 조각으로 된 묘비들이 줄지어 서 있을 뿐이었다. 공동묘지 뒤쪽 너머로 노을이 희미하게 드리워져 있었다.

철한과 살아남은 핫도그 몇 명은 갓 세워진 묘비 앞에 무릎을 꿇었다. 발에 붕대를 감고 목발을 짚은 조만이 어정쩡하게 서 있었다. 철한은 숙연한 목소리로 읊조렸다.

"미안하다, 데이비드. 우리 한날한시에 함께 죽기로 약속했는데……. 하지만 걱정 마라. 무슨 일이 있어도 네 원수는 꼭 갚아준다."

철한은 뒤쪽의 다른 핫도그들을 돌아다보았다.

"난 에코반으로 간다. 강요하지 않을 테니 원하는 사람만 따라와!"

핫도그들은 무릎을 털고 일어나면서 서로의 얼굴을 쳐

다보았다. 조가 절뚝거리며 철한 옆으로 다가섰다. 다른 핫도그들도 조의 뒤를 따랐다. 철한은 핫도그들의 어깨를 일일이 두드렸다.

"모두들 고맙다! 우선 그 영감의 도움을 받도록 하자."

철한은 이글거리는 눈빛으로 에코반 쪽을 노려본 뒤, 노아 박사의 잠수정을 향해 힘차게 걸어갔다.

에코반의 안보회의실에서는 비상 회의가 열렸다. 부관이 눈썹을 씰룩거리며 입을 열었다. 얇은 입술이 달싹거렸다.

"핫도그 일당은 이제 괴멸된 것이나 다름없습니다. 하지만 노아 박사와 침입자의 행방은 묘연합니다. 어쩌면 지금 이 순간에도 우리의 목줄을 죄기 위해 공작을 펼치고 있을지 모릅니다."

말을 멈춘 뒤 부관은 눈을 감은 채 앉아 있는 시몬을 노려보았다.

"무능력한 경비대를 탓하고 인력과 시간을 낭비하는 건 여기까지입니다. 마르 작전을 위한 모든 준비는 끝났습니다."

그가 뒤쪽을 바라보자 홀연 홀로그램이 나타났다. 홀로그램에는 마르 작전 도표가 비쳤다. 곧이어 유전 지대가 폭발하고 마르 지역 전체가 불바다로 바뀌는 영상이 보였다. 총독은 턱을 괸 채 심각한 표정을 지었다. 시몬이 뒷짐을 진 채 일어섰다.

"마르 작전을 당장 착수하는 것이 좋다고 판단됩니다."

모두들 시몬의 갑작스런 태도에 의아한 표정을 지었다. 시몬이 말을 이었다.

"망설일 필요가 없어졌습니다. 더 이상 에너지 출력이 떨어진다면 에코반은 영영 회생 불능에 빠질 수 있습니다. 무엇보다 위험한 것은 마르의 벌레들이 폭동을 준비하고 있다는 점입니다. 그 뒤에 반역자 노아가 있습니다. 그들이 움직이기 전에 행동을 개시해 악의 근원을 쓸어버려야 합니다!"

총독이 고개를 옆으로 돌려 부관에게 속삭였다.

"아니, 왜 저렇게 갑자기 입장이 바뀐 거지? 이제야 정신을 차린 건가?"

부관이 고개를 돌리며 흡족한 웃음을 지었다.

제이는 출동 복장을 갖추어 입고 집을 나서다가 깜짝 놀랐다. 시몬이 문 밖에 우두커니 서 있었던 것이다. 시몬은 회의를 끝내고 막 달려온 터라 숨이 찼지만 애써 태연히 물었다.

"들어가도 될까?"

그리고 제이가 대답도 하기 전에 뚜벅뚜벅 안으로 걸음을 옮겼다.

책상 위에 놓인 하회탈을 보는 순간 시몬의 표정이 차갑게 변했다.

"그놈 때문에 나와 에코반을 버리겠다는 건가?"

제이는 시몬의 시선을 피한 채 말했다.

"수하가 죽었다고 믿은 그날, 나도 죽은 거예요. 10년 동안 당신과 당신 부모에 대해 모르고 살아왔으니 난 죽은 사람이나 마찬가지였어요."

제이는 잠시 시몬을 바라보았다.

"하지만 이젠 알았어요! 당신과 에코반이 거짓이란 걸!"

"제이, 늦었어. 곧 마르 지역 전체가 사라질 거야. 그곳에 살고 있는 사람들은 물론 그놈까지!"

"당신이 제게 말하던 희망과 미래가 그것이었나요?"

제이는 시몬을 지나쳐 밖으로 나가려고 했다. 시몬이 그 앞을 가로막았다.

"어디 가려는 거야! 멈춰! 멈추란 말이야!"

제이는 싸늘하게 웃으며 쏘아붙였다.

"에코반이 마르 사람들의 피로 살아가는 거라면, 저도 기꺼이 그 피가 되어드리죠!"

제이는 시몬의 옆을 비켜서 밖으로 나갔다. 시몬은 얼떨결에 총을 뽑아들었다.

"여길 나가면 너도 반역자가 되는 거야!"

제이는 들은 체도 하지 않았다. 문이 닫히자 시몬의 눈에 눈물이 고였다. 시몬은 책상 위에 있던 하회탈을 사정없이 내팽개쳤다.

제이는 바이크를 몰고 에코반 밖으로 빠져나왔다. 찬바람을 맞으니 터질 듯하던 가슴이 시원해졌다. 바이크 속도를 점점 더 높였다.

마르 지역에 도착한 제이는 여기저기를 둘러보았다. 전에는 추레하고 냄새도 고약한 곳이었는데, 지금은 한없이 정겹게 느껴졌다. 지나치는 사람의 어깨에 손이라도 올려놓고 싶었다.

제이는 수하의 유조선 앞에 바이크를 세웠다. 철제 계단을 오르면서 제이는 몇 번씩 마르 지역을 내려다보았다. 학교에서는 '마르는 방사능에 노출된 병자와 유전적으로 문제가 있는 사람들이 사는 곳'이라고 가르쳤다. 생각해보면 그것은 다 거짓말이었다. 마르 지역 사람들도 병에 걸린 것 외에는 에코반 사람들과 별반 다를 게 없었다.

널따란 갑판을 지나 제이는 수하의 방에 들어섰다. 방은 이전에 있었던 경비대의 습격과 폭발로 엉망이었다. 나뒹굴고 있는 물건을 하나하나 만져보다가 찢어진 지브롤터 섬 지도를 들여다보던 제이의 눈에 돌연 눈물이 솟구쳤다. 애써 눈물을 참으며 제이는 갑판으로 다시 나왔다.

깡깡거리는 망치질 소리가 들렸다. 대형 유리창을 통해 1층 선실을 들여다보았다. 수하가 널찍한 공간에서 글라이더를 수리하고 있었다. 제이는 작업실 안으로 들어섰다. 수하는 제이를 보고 깜짝 놀라는 표정을 지었다. 두 사람은 한참을 그렇게 바라보고만 있었다. 창가에 놓인 낡은 전축에서 여가수가 부르는 노랫소리가 흘러나왔다.

"왜 왔어?"

뜻밖에도 수하는 퉁명스러웠다. 그러나 얼굴에는 반가움이 역력했다. 제이는 가만히 서 있었다. 가슴이 떨려 한마디도 할 수 없었다. 커다란 눈에 눈물이 그렁그렁 차 올랐다.

"우리가 어쩌다 이런 세상에 살게 됐지?"

수하는 허전하게 웃으며 말했다. 제이는 참았던 울음을 터뜨리며 수하를 향해 달려갔다. 수하는 와락 제이를 안았다. 새처럼 가쁜 숨을 몰아쉬며 제이는 한참을 수하 품에 있었다.

제이는 고개를 살짝 든 뒤 머뭇거리며 말했다.

"다 틀렸어. 곧 끝나. 마르, 세상, 그리고 너와 나……."

수하가 어깨를 잡고 말없이 눈을 들여다보자 제이는 시몬과 있었던 일을 하나하나 이야기했다. 가만히 듣고만 있던 수하가 말했다.

"난 지지 않아! 에코반 괴물과 싸울 거야!"

제이는 고개를 끄덕이며 미소를 지었다. 그러나 얼굴에 드리운 어두운 그림자는 쉽게 가시지 않았다.

"나도 이번에는 너 혼자 놔두지 않을 거야!"

제이는 수하를 꽉 끌어안으며 그의 얼굴에 입술을 갖다 댔다.

그날 밤, 제이는 이상한 꿈을 꾸었다.

어린 제이와 수하가 손을 잡은 채 에코반 지붕 위에 서 있었다. 바닥은 얼음처럼 차가웠다. 제이는 오들오들 떨며 말했다.

"여기가 어디야? 무서워. 가자!"

수하는 웃으며 손을 끌어당겼다.

"눈을 감아봐! 내가 아주 멋진 걸 보여줄게."

제이는 눈을 감았다. 잠시 뒤 수하가 "눈을 떠봐" 하고

말했다. 제이는 눈을 뜨다 말고 다시 감았다. 너무 눈부셨기 때문이었다. 다시 살짝 떠보니 눈앞에 파란 하늘이 끝없이 펼쳐져 있었다. 제이는 두 팔을 벌리며 소리 질렀다.

"와아!"

그때 무언가 둔탁한 것이 머리에 와 닿았다. 돌아다보니 시몬이 자기 머리에 총을 겨누고 있었다.

"안 돼!"

제이는 소리쳤지만 허사였다.

"탕!"

제이는 화들짝 놀라 꿈에서 깼다. 침대 위에 앉아 제이는 두 손으로 머리를 감쌌다.

'무슨 뜻일까?'

아무리 생각해도 아무것도 알 수가 없었다.

다시 선잠이 들었던 제이는 난간에서 떨어지는 물방울 소리에 잠에서 깼다. 머리맡에 있던 종이비행기가 바람에 살랑 날려 얼굴에 와 닿았다. 제이는 눈을 비비며 낡은 침대에서 일어났다.

낯선 듯 주위를 둘러보았다. 녹슨 천장과 너덜너덜한 바닥이 어색했다. 제이는 침대에서 일어서다가 종이비행기를 발견하고 펴보았다.

미치도록 슬프고 암담한 미래가 아닌
눈이 부시도록 맑은 하늘이 보고 싶다.
그 언젠가 너와 함께 본 그 파란 하늘 말이다.
이제 떠나야 할 것 같다.
그곳이 어디이고 어디쯤인지 모르지만……
마음속 깊이 너를 새기고 떠난다.
제이, 사랑한다.

제이는 종이비행기를 내던지고 밖으로 나왔다. 먹구름 밑으로 빨간 글라이더가 고추잠자리처럼 날고 있었다. 제이는 1층 작업실 안에 가보았다. 텅 비어 있었다. 갑판 끝으로 달려온 제이는 난간을 잡고 몸을 최대한 앞으로 내밀어 글라이더를 올려다보았다. 고글을 끼었지만 수하가 틀림없었다. 수하는 조종간을 잡고 동체 위에 아슬아슬하게 서서 입을 앙다물고 있었다. 그의 머리와 긴 옷자락이 바람에 휘날렸다. 글라이더는 유조선 위를 몇 번 선회한 뒤 이내 한 점 불꽃이 되어 에코반 쪽으로 사라졌다.

8 카운트다운

델로스 타워 주위를 플라잉 바이크들이 날아다녔다. 그 아래에서 경비병들이 개미처럼 바쁘게 움직였다. 차 한 대가 쏜살같이 달려오더니 요란한 브레이크 소리를 내며 그들 옆에 멈추었다. 차에서 황급히 뛰어내린 사람은 부관이었다. 그는 책임자인 듯한 장교에게 소리쳤다.

"마르 작전에 투입할 병력을 누가 마음대로 움직이라고 했나?"

"시몬 대장의 명령입니다. 전 병력을 델로스 타워 경비에 투입하라는……."

“뭐라고? 시몬 대장은 어디 있나?”

부관은 주위를 둘러보며 소리쳤다.

“저희도 찾는 중인데, 어디 계신지 안 보입니다!”

“뭐야?”

부관은 인상을 찌푸린 뒤 생각에 잠겼다. 그리고 장교에게 명령했다.

“병력을 마르로 출동시켜라! 이건 내 명령이다!”

곧이어 에코반의 경비대 병력을 태운 트럭 10여 대가 빠르게 마르 쪽으로 굴러갔다. 트럭이 산모롱이를 돌아 사라지자, 다리 밑에서 천천히 또다른 트럭 한 대가 굴러 나왔다. 거기에는 핫도그들이 타고 있었다. 조는 운전대를 잡은 철한 옆에서 지도를 들여다보았다. 두어 번 차가 덜컹거린 뒤 조는 손가락으로 오른쪽 산등성이를 가리켰다.

트럭이 야트막한 구릉을 넘어서자 에코반으로 향하는 송유관이 보였다.

“저기야, 저기.”

조는 손가락으로 송유관을 가리켰다. 그 송유관은 유전 지역과 에코반을 잇는 것이었지만 석유가 고갈된 뒤 몇 달째 텅 비어 있었다. 철한은 평평한 산 위에 트럭을 세운 뒤 뒤를 돌아보며 말했다.

“준비!”

뒤에 타고 있던 핫도그 한 명이 로켓포를 들고 차에서 내렸다. 그가 로켓포를 어깨에 메자 철한이 소리쳤다.

"발사!"

쉬잇 소리와 함께 로켓포는 곧바로 파이프에 가서 꽂혔다. 쾅 소리와 함께 파이프가 터져 나갔다. 한 번 더 로켓포가 꽂히자 철한은 씩 웃고는 트럭을 몰고 비스듬한 산비탈을 조심스레 내려갔다. 그들은 이제 이곳을 통해 에코반 입구까지 진격할 예정이었다.

철한이 전조등을 켜자 조가 주위를 두리번거리며 중얼거렸다.

"노아 박사가 그냥 냄새 나는 영감인 줄 알았는데, 정말 대단하네. 어떻게 이곳이 비어 있는 줄 알았지. 암튼 수하를 만나서 일이 잘되어야 할 텐데……."

데이비드를 잃은 뒤 조는 확실히 변했다. 침착했고 말투도 훨씬 조신해졌다.

캄캄한 파이프를 빠져나온 철한은 전조등을 켠 채 지붕으로 올라가는 길 위로 트럭을 몰았다. 아니나 다를까, 지붕 입구에 바리게이트가 쳐 있었고 그 뒤에 경비병 서넛이 어슬렁거리고 있었다. 철한은 속도를 늦추며 뒤를 돌아다보았다. 핫도그 한 명이 씩 웃으며 로켓포에 폭탄을 장전했다. 짐칸 위로 올라서서 로켓포를 날리자 바리게이트는 맥없이 박살 났다. 기습을 당한 경비병들은 허둥거리며 엄폐물 뒤에 몸을 감추었다. 그 사이 또 한 발의 로켓포가 날아가 엄폐물 하나를 가루로 만들어버렸다. 경비병 두 명이 비틀거리며 주저앉았다.

"고! 고! 고!"

조는 신이 나 소리를 지르며 총을 갈겨댔다. 철한은 트럭을 엄폐물 쪽으로 몰았다. 받아버릴 셈이었다. 경비병 두 명이 벌떡 일어나 옆으로 내빼기 시작했다. 조가 낄낄거리며 무릎을 쳤다.

"도망가 봤자다! 이제 너희는 끝장이야!"

철한은 운전대를 틀어 다시 지붕과 이어진 길로 올라섰다. 야트막한 둔덕을 넘자 갑자기 거대한 델로스 타워가 시야에 들어왔다. 높고 굵은 델로스 타워는 보는 사람을 압도했다. 철과 콘크리트로 된 벽면은 더없이 견고해 보였다.

조가 지도를 훑어보고는 앞쪽을 가리켰다.

"저쪽이야, 저쪽!"

철한은 조가 가리키는 데로 트럭을 몰았다. 바닥이 허옇게 번쩍거렸다. 강판이 수도 없이 이어져 있었다. 트럭이 지나자 강판은 까강, 까강 하는 소리를 내며 움찔거렸다. 강판을 이어놓은 부분에 바퀴가 걸리면서 트럭이 가끔 튀어올랐다. 조는 그때마다 "어이쿠!" 소리를 내며 엄살을 피웠다.

철한은 가속 페달을 밟아 속도를 높였다. 트럭이 속도를 높이자 강판들이 깨져 나갔다. 조가 엄살을 떨었다.

"아야야얏, 너무 빠른 거 아냐?"

철한은 델로스 타워에서 눈을 떼지 않은 채 조용히 이를 갈았다.

"빨리 가서 빚을 갚아야지!"

델로스 타워가 바로 코앞에 있었다.

에코반 안보회의실 내부에 앉은 총독의 얼굴은 어두웠다. 각료들은 저희들끼리 귀엣말로 무어라 수군거렸다. 총독은 흠칫 놀랐다. 갑자기 뒤쪽에서 홀로그램이 떠오르며 부관의 모습이 나타났기 때문이다.

"각하, 상황이 좋지 않습니다."

"무슨 소린가?"

총독은 차갑게 물었다. 부관은 다급한 듯 말했다.

"시몬 대장이 유전 지역의 작전 병력을 멋대로 빼내고는 지금 행방불명입니다!"

총독이 "끄응" 하고 신음을 뱉어냈다. 부관이 총독의 눈치를 살핀 뒤 덧붙였다.

"게다가 경비대원 제이도 행방불명입니다! 아무래도……."

그때 경보 사이렌이 울렸다. 각료들이 웅성거리며 자리에서 일어섰다. 홀로그램 모니터에서 부관이 사라지며 빨간 글라이더가 나타났다. 모두 "뭐지?" "저게 뭐야?" 하고 수군거리는데, 짧은 금발 머리 문화장관이 아는 체했다.

"저건, 글라이더라는 비행기요! 누가, 왜, 저것을 만들었지?"

총독이 탁자를 '탕!' 소리가 나게 쳤다.

"조용히 하시오! 경거망동하지 말고 자리에 앉으시오!"

창가로 달려갔던 각료들이 두려운 눈빛을 감추지 못하고 자리에 엉거주춤 앉았다. 총독은 턱을 괸 채 잠시 생각에 잠겼다. 부관이 또다시 홀로그램 속에 나타났다.

"총독 각하! 마르 작전을 실행하도록 명령하십시오!"

총독의 눈이 조금씩 부풀어오르며 얼굴이 뻣뻣해졌다. 총독이 자리에서 일어섰다. 그리고 결심한 듯 말했다.

"빨리 델로스 타워 경비 태세를 강화하게. 마르 작전은 그 뒤에 실행해도 늦지 않아. 델로스 에너지 시스템에 이상이라도 생기치면 에코반은 끝장이야!"

뜻밖의 명령에 부관의 얼굴이 일그러졌다.

잠시 뒤 에코반 내부 거리로 수많은 경비 바이크들이 쏟아져 나왔다. 경비대원들은 잠시 바이크를 멈추고 보급받은 카드를 모니터 옆에 있는 박스에 끼워 넣었다. 그러자 놀랍게도 바이크가 플라잉 바이크로 변했다.

경비대원들은 다시 시동을 걸고, 가속 페달을 밟았다. 플라잉 바이크들이 가볍게 공중으로 떠올랐다. 에코반 내부 공간은 금방 플라잉 바이크로 뒤덮였다.

글라이더를 조종하며 수하는 에코반을 내려다보았다. 거대한 에코반은 백과사전에서 본 말미잘 같기도 했고, 바짝 마른 튤립처럼 보이기도 했다. 그 한가운데에 푸른 호수가 있었고, 중앙에 뼈다귀처럼 생긴 델로스 타워의 거대한 위용이 보였다. 수하는 글라이더의 고도를 낮추며 서서히 델로스 타워 쪽으로 가까이 갔다.

수하는 델로스 타워 지붕을 샅샅이 정찰했다. 그런데 노아 박사가 틀린 것 같았다. 박사는 크고 둥근 원형 지붕 위에 글라이더를 댈 수 있다고 말했지만 어림없는 일이었다. 마치 장갑을 낀 듯, 지붕 위에 두터운 가리개가 씌워져 있었다.

할 수 없었다. 에코반 내부를 통해 델로스 타워로 침입하는 방법밖에 없을 것 같았다. 수하는 기수를 낮추어 에코반 안으로 날아 들어갔다. 삽시간에 뒤쪽에서 플라잉 바이크들이 나타나 글라이더를 뒤쫓았다. 수하는 양손으로 조종간을 꼭 쥐고 복잡한 구조물 사이를 요리조리 빠져다녔다. 뒤따라오던 플라잉 바이크 두 대가 미처 방향을 틀지 못하고 벽에 부딪히며 폭발했다.

수하가 고도를 높이는데 뒤쫓아오던 플라잉 바이크들이 총알을 퍼부었다. 귓전으로 '츄츄츄' 하고 총알이 공기를 통과하는 소리가 들렸다. 수하는 위험하다고 판단하고 더욱 기수를 높였다. 그 순간 몽둥이로 세게 맞은 듯 왼쪽 어깨가 뻐근했다. 옷 위로 순식간에 붉은 선혈이 솟아올랐다. 총알이 스친 모양이었다.

수하는 고통을 참지 못하고 방향타를 잡은 왼쪽 손을 놓았다. 순간적으로 글라이더가 중심을 잃었다. 이를 악물고 다시 방향타를 잡았지만 이미 그른 것 같았다. 글라이더는 왼쪽으로 기운 채 호수 위를 날았다. 발을 뻗으면 물에 닿을 만큼 호수가 가까이에 있었다. 수하는 고도를 높이려고 기기를 조작해 보았지만 헛수고였다.

뒤쪽에서 플라잉 바이크들이 웅웅 소리를 내며 다가왔다. 수하는 흘낏 돌아보았다. 그 순간 기체가 끽끽 소리를 내며 수면에 닿았다. 글라이더는 '탁, 탁, 탁' 소리와 함께 '푸쉬익' 소리를 내더니 그대로 호수에 처박혔다.

수하는 호수로 뛰어들었다. 그와 동시에 매듭이 풀리면서 글라이더의 치자색 돛이 펼쳐졌다. 글라이더를 가라앉게 하지 않는 비상 수단이었다. 수하는 글라이더의 안전을 확인한 뒤 수면 밑으로 자맥질해 들어갔다. 노아 박사의 말이 맞다면 델로스 타워로 통하는 통로가 호수 안에도 있을 것이다. 다행히 고글 덕에 희미하게나마 앞을 볼 수 있었다. 플라잉 바이크들이 쏘는 총알이 수면을 뚫고 들어와 아슬아슬하게 수하 곁을 스쳐 지나갔다.

한참을 헤엄친 수하는 수면을 향해 올라갔다. 위쪽으로 둥근 빛이 보였다. 물개처럼 수면 위로 고개를 내밀자 널찍한 공간이 나타났다. 아마 노아 박사가 말한 델로스 타워 밑의 수로인 것 같았다.

수하는 고글을 벗고 주위를 살폈다. 구석에 컨테이너가 몇 개 놓여 있었고, 오른쪽에 화물을 오르고 내리는 자그마한 크레인이 웅크리고 있었다. 어깨에서 계속 피가 흘러나왔다. 수하는 컨테이너 사이에 앉아서 옷을 찢어 상처를 묶었다.

수하는 메고 있던 배낭에서 나침반과 델로스 내부 지도를 꺼내 꼼꼼히 살폈다. 수로가 틀림없었다. 그렇다면 오

른쪽 대형 문을 나서면 차량이 다닐 만큼 너른 나선형 내부 도로가 나오고, 400여 미터쯤 올라가면 델로스 타워 헤드로 올라가는 엘리베이터가 있을 것이다.

문을 살짝 밀치고 내다보았다. 지도대로였다. 비스듬한 나선형 도로가 끝없이 위로 향해 있었고, 길 안쪽에는 거대한 파이프 서너 개가 뒤엉켜 있었다. 길은 지하 주차장처럼 어두웠다.

수하는 가끔 난간에 몸을 숨기며 가능한 재빨리 위로 이동했다. 5분쯤 올라갔을까, 갑자기 눈앞이 환해졌다. 수하는 놀라 바닥에 엎드렸다. 살짝 고개를 들고 살펴보니 넓은 창으로 밖이 내다보였다. 지상이었다. 호수 주변 광장에서 사람들이 서성거리는 모습이 보였다. 플라잉 바이크들이 호수에 떠 있는 글라이더 위를 맴돌고 있었고 날렵하게 생긴 경비정 한 대가 물보라를 일으키며 글라이더 쪽으로 달려갔다.

수하는 권총을 겨눈 채 다시 위로 올라가기 시작했다. 15층 높이쯤 올라갔을 때 밑이 시끄러웠다. 고개를 떨구고 밑을 보았더니 경비병 20여 명이 나선형 길로 들어섰다. 수하는 뛰어오르기 시작했다.

"저기다! 저기!"

발소리가 요란하게 수하의 뒤를 쫓았다. 경비병들과의

거리가 점점 좁혀졌다. 다친 어깨 때문에 팔을 휘두르지 못해 속도가 점점 떨어졌다. 'N384' 이라고 쓰인 표지판 밑을 지나는데 '핑' 소리가 났다. 수하는 본능적으로 허리를 숙였다. 엎드려 몇 미터 전진하다가 흘낏 뒤를 돌아보았다. 경비병 서넛이 모퉁이에서 앉아쏴 자세를 취하고 있었다. 수하는 몸을 왼쪽으로 굴려 벽에 붙었다. 요란한 총성과 함께 총알 10여 발이 벽과 바닥 여기저기에 박혔다.

수하는 고개를 내밀고 간간이 대응 사격을 했지만 역부족이었다. 경비병의 숫자가 점점 늘어나고 있었다. 수하는 시계를 들여다보았다. 2시 17분. 등을 벽에 댄 채 수하는 밖을 내다보았다. 계획상으로는 3분 뒤에 핫도그들이 나타나게 되어 있었다. 그러나 핫도그는커녕 주위에는 경비병만 득시글거렸다.

수하가 글라이더를 타고 델로스 타워 지붕으로 침투한 후 핫도그들이 기계를 멈춘 틈을 타서 델로스 에너지 시스템의 핵심 시설을 파괴하는 것, 그것이 노아 박사가 세우고 지시한 계획이었다. 하지만 노아 박사도 델로스 타워의 헤드가 철판으로 된 지붕으로 덮여 있는 것은 몰랐던 것이다. 만약을 대비해 호수 밑 수로를 알아두지 않았더라면 델로스 타워로 침투하는 것은 아예 불가능할 뻔했다.

겨우 델로스 타워로 들어오긴 했지만 상황은 아주 좋지

않았다. 수하의 긴 머리카락 사이로 진땀이 흘러내렸다. 점점 더 희망이 사라지고 있었다.

철한과 핫도그 일행이 탄 트럭은 계속해 강판을 밟으며 앞으로 내달렸다. 그런데 저 앞쪽이 이상했다. 길이 끊어진 것처럼 보였다. 조가 놀라서 지도를 보았다. 분명 지도에는 델로스 타워와 연결되어 있는데 지금은 30여 미터가 끊겨 있었다.

지도를 구기면서 조가 욕지거리를 뱉어냈다.

"그 망할 놈의 영감이 우릴 잡으려고……. 멈춰!"

철한은 아무 말도 하지 않았다. 눈을 지그시 뜬 채 앞만 노려보았다. 그리고 운전대를 좀더 세게 움켜잡으며 소리쳤다.

"영감이 전속력으로 달리라고 했어!"

철한과 조는 눈을 감았다. 허공 아래로 검푸른 호수가 펼쳐져 있었다. 트럭은 마치 영화의 한 장면처럼 슬로모션으로 천천히 날았다. 조는 살짝 눈을 떠보다가 입까지 쫙 벌리고 말았다. 거대한 델로스 타워가 바로 눈앞에 있었다. 회색빛 기둥이 무서운 속도로 다가왔다. 조는 주먹

을 말아 쥐며 아예 눈을 감아버렸다.

"쿠쿵!"

엄청난 충격이 전해졌다. 그 바람에 조의 고개가 뒤로 젖혀졌다가 앞 유리창에 박혔다. 트럭은 델로스 타워의 벽을 부수고 안으로 돌진했다. 그리고 난간에 부딪히며 두어 번 요란한 소리를 낸 뒤 바닥에 떨어졌다.

조는 머리를 흔들어 정신을 차리고 옆자리에 앉은 철한을 살폈다. 문제가 생겼다. 철한의 이마에서 피가 흘러내렸다. 더구나 의식을 잃은 것 같았다. 조는 놀라서 철한의 어깨를 잡고 흔들었다.

"이봐, 이봐! 어떻게 된 거야!"

얼굴이 노랗게 변해 정신없이 철한을 불러댔다. 하지만 전혀 반응이 없었다. 조는 다급하게 뒤자리에 있는 핫도그들에게 소리쳤다.

"철한이, 철한이 이상해!"

그때였다. 철한이 슬쩍 눈을 뜨며 빙긋이 웃었다. 조는 자신이 속은 걸 알고 길길이 날뛰었다. 심지어 주먹으로 철한을 때리는 시늉까지 했다.

주위를 둘러보던 조는 상황이 그리 나빠 보이지 않자 신이 나서 말했다.

"와, 역시 난 보통 놈이 아니라니깐! 이런 상황에서도 살다니! 천사들이 돕고 심지어 악마들까지 보살펴준다니까!"

주위를 살펴보던 조의 눈에 괴상한 것이 띄었다. 방금 자신들이 뚫고 들어온 벽이었다. 벽은 질긴 천을 수없이 겹쳐놓은 것 같았다.

아래쪽에서 총성이 울려왔다. 차에서 내려 아래쪽을 살펴보니 엎드려 총을 쏘는 수하와 그를 공격하는 경비병들이 보였다. 수하가 곤경에 빠진 것이 분명했다. 조는 앞뒤 재지 않고 경비병들을 향해 총을 난사했다. 철한과 다른 핫도그들도 가세했다.

수하는 핫도그들이 침투에 성공했음을 알고 위쪽으로 뛰기 시작했다. 총알이 빗발쳤다. 마침내 핫도그들이 있는 데까지 와서 수하는 앞으로 고꾸라졌다. 너무 긴장했던 탓이었다. 조가 수하의 손을 잡아 일으켜 세워주며 한마디 툭 건넸다.

"고생했겠는데!"

수하는 어깨의 통증을 참으며 몸을 일으켰다. 그리고 주먹으로 조의 옆구리를 툭 쳤다.

"네가 반갑긴 평생 처음이다!"

수하가 트럭 뒤에 타자 조와 철한은 웃음을 지으며 손바닥을 마주쳤다. 이제 조금만 더 올라가면 중앙 통제실이었다. 트럭은 나선형 도로를 따라 힘차게 올라갔다. 뒤따라오던 경비병들이 총을 마구 갈겨댔다. 스쳐가는 탄환이 내는 소리가 마치 마른 호두나무 막대기에 금이 가는 소리처럼 들렸다. 수하는 귀가 먹먹해 손으로 가려야 할 정도였다.

갑자기 트럭이 기우뚱했다. 총알에 맞아 타이어가 터진 모양이었다. 철한이 운전대를 두드리며 투덜거렸다.

"젠장!"

엎드린 채 뒤쪽을 내다보았다. 경비병들이 새카맣게 몰려오고 있었다.

"다 왔다!"

조가 소리쳤다. 나선형 도로가 끝나는 곳에서 철한은 차를 돌려 세웠다. 트럭은 마치 맞추기라도 한 듯 길을 완전히 가로막았다. 철한은 운전석에서 고개를 돌려 수하에게 뭐라고 소리쳤다. 수하는 고개를 끄덕이고 재빨리 트럭 뒤쪽으로 뛰어내렸다. 그 안쪽에 중앙 통제실이 있었다.

중앙 통제실 안은 상상 외로 넓었다. 가운데에 핵심 기계실이 있었고, 양 옆으로 원형 물류관이 가동되고 있었다. 수하는 재빨리 물류관 밑으로 가서 섰다. 긴장감이 온몸을 훑고 지나갔다. 침을 꿀꺽 삼키는데 몸이 풍선처럼 공중으로 떠올랐다.

그 사이 철한은 준비해 온 폭약을 핵심 기계실 문 입구에 붙였다. 폭약에 붙은 빨간 등이 깜빡거렸다. 철한은 손에 든 스위치를 조심스레 조작했다. 잠시 뒤 폭약의 파란 등에 불이 들어왔다. 핫도그들은 자신들의 눈을 의심했다. 문이 녹아내리고 사람이 드나들 만한 구멍이 뚫렸던 것이다.

조는 발을 절며 그 안으로 뛰어들어갔다. 그의 임무는 중앙 통제실의 기계들을 조작해서 수하가 작업할 컨트롤 시스템의 경비 체계를 무력하게 만드는 일이었다. 핫도그 한 명이 묵직한 가방을 들고 뒤따랐다. 조가 모습을 감추자 철한과 나머지 핫도그들은 트럭 뒤에 몸을 숨긴 채 방아쇠를 당겼다.

중앙 통제실 안에 들어선 조의 눈이 휘둥그레졌다. 노아 박사에게 자세하게 설명을 듣긴 했지만 상상보다 훨씬 복잡했다. 가운데에서는 각종 기계가 번쩍거렸고, 그 주위로 자기장들이 빛을 발했다. 조는 복잡한 컴퓨터 쪽으로 다가갔다. 그리고 뒤따라온 핫도그가 내민 스픽을 받아 들었다.

조는 주머니에서 구깃구깃한 종이 한 장을 꺼냈다. 노아 박사가 지시한 내용을 적은 메모지였다. 조는 흥분을 억누르고 종이에 씌어진 대로 행동했다. 스픽을 꽂고 엔

터 키를 누르자 바닥에 흩어져 있던 쇳조각들이 서서히 움직였다. 그리고 퍼즐 맞추기 하듯 저희들끼리 아귀와 요철(凹凸)을 맞추어갔다.

밖에서는 여전히 콩 볶는 듯한 총소리가 요란했다. 10여 명밖에 안 되는 핫도그들은 100명이 넘는 경비병들을 상대로 거세게 총알을 퍼부었다. 그러나 상황은 열 받게 돌아가고 있었다. 총격으로 트럭이 점점 주저앉고 있었던 것이다. 철한은 펑크난 바퀴 옆에서 인상을 쓰며 중얼거렸다.

"좀더 버텨야 돼! 힘을 내!"

경비병들은 서둘렀다. 우수하고 훈련이 잘된 병사들이었지만, 앞이 꽉 막힌 좁은 길에서는 그들도 속수무책이었다. 트럭을 향해 쉴 새 없이 총알을 날렸지만, 소용이 없었다. 경비병 두어 명이 포복으로 트럭 쪽으로 접근했다가 이내 어깨와 머리를 감싸쥐고 나자빠졌다.

철한은 초조했다. 총알이 얼마 남지 않았다. 조와 수하가 제시간 안에 작업을 끝내기만을 바랄 수밖에 없었다. 타이어에 등을 기댄 채 철한은 탄창을 갈아 끼웠다. 핫도그 한 명이 갑자기 철한의 어깨를 툭툭 쳤다. 철한은 모골이 송연해졌다. 시커먼 무장 장갑차 한 대가 경비병 뒤쪽에 나타난 것이다.

"조심해!"

그 말이 끝나기가 무섭게 장갑차의 기관포가 불을 품었다. 쨍, 깡, 퍽 소리가 번갈아 들리며 트럭이 산산조각 났다. 철한과 핫도그들은 개구리처럼 땅바닥에 엎드렸다. 잠시 뒤 트럭은 멜론처럼 박살이 나버렸다.

핫도그들은 천천히 두 손을 들고 일어섰다. 장갑차가 사격을 중단했다. 철한은 펑크난 바퀴 뒤에 간신히 몸을 숨기고 있었다. 장갑차가 의기양양하게 굴러 올라왔다. 이를 악물고 있던 철한은 폭탄을 집어들었다. 핫도그들은 눈을 휘둥그렇게 떴다. 벌떡 일어선 철한은 폭탄을 안고 장갑차를 향해 돌진했다. 누군가 "안 돼!" 하고 소리쳤다.

철한은 침착하면서 날렵했다. 잠깐 사이에 장갑차에 몸을 밀착시켰다. 그가 고개를 돌리고 의미를 알 수 없는 웃음을 지었다. 그것으로 끝이었다. 커다란 불꽃과 함께 장갑차가 폭발했다. 곁에 서 있던 경비병들의 몸이 사방으로 날아올랐다. 피 냄새와 화약 냄새, 먼지 냄새가 진동을 했다.

조는 엄청난 폭발 소리를 들으며 네 번째 스픽을 밀어 넣었다. 퍼즐을 맞추던 바닥의 쇳조각들이 정지했다. 제대로 해낸 것 같았다. 복잡한 기계와 컴퓨터에 들어와 있던 불이 한꺼번에 꺼졌다. 조는 미소를 지으며 밖을 내다

보았다. 에코반의 화려한 불빛이 하나둘 꺼져갔다. 갑자기 덮친 어둠에 플라잉 바이크들이 우왕좌왕했다. 거리의 시민들도 비명을 지르며 여기저기 뛰어다녔다.

총독은 집무실에 앉아 있다가 창가로 뛰어갔다. 어둑어둑한 거리에서 시민들이 갈팡질팡하는 모습이 눈에 들어왔다. 두 손으로 얼굴을 문지른 뒤 총독은 수화기를 들었다.

"부관은 어디 있나?"

전에 없이 그의 목소리가 떨렸다. 상대가 무어라 말했는지 그가 '끄응' 소리를 내며 소리쳤다.

"빨리 찾아서 연결해!"

그 시간, 수하는 물류관에서 빠져나와 에너지 컨트롤 시스템에 다가서고 있었다. 자그마한 유리문이 보였다. 수하는 오른쪽에 있는 카드 인식 장치를 보았다. 미리 준비해 온 카드를 끼워 넣으려다 문을 슬쩍 밀어보았다. 저항없이 열렸다. 조가 제대로 일을 처리한 것 같았다.

수하는 이제 다 되었다고 생각했다. 에너지 컨트롤 시스템에 파괴 프로그램이 입력된 스픽만 끼우면 에코반의 운명은 마지막이었다. 복잡한 에너지 컨트롤 시스템 앞에서 수하는 입을 굳게 다물고 숨을 골랐다. 그때 소리 없이 그를 뒤따르는 사람이 있었다. 검푸른 제복 차림에 발목이 긴 구두를 신은 시몬이었다. 하지만 수하는 눈치를 채지 못했다. 그는 소중하게 품안에 지니고 있던 스픽을 꺼냈다.

제이는 플라잉 바이크를 타고 델로스 타워 주위를 맴돌다가 벽에 뚫린 커다란 구멍을 발견했다. 누군가 침입한 흔적이 분명했다. 제이는 전조등을 켠 뒤 구멍 안으로 들어갔다. 안은 바깥보다 훨씬 더 어두웠다. 나선형 도로 위를 지나는데 피비린내와 화약 냄새가 진동을 했다. 전조등에 비치는 길에는 쇳조각, 천 조각 들이 어지럽게 널려 있었다.

제이는 위를 올려다보았다. 각종 전선과 파이프들이 어지럽게 엉켜 있었다. 그 사이로 플라잉 바이크가 간신히 빠져나갈 만한 공간이 보였다. 제이는 플라잉 바이크의 조종간을 살짝 들어올린 뒤, 날아올랐다.

스픽을 꽂으려는 수하의 손이 가늘게 떨렸다. 노아 박사의 얼굴이 떠올랐다. 그 위에 제이의 얼굴이 겹쳐졌다.

그 순간 인기척이 들렸다. 돌아보니 시몬이 묘한 표정으로 총을 겨누고 있었다. 수하는 놀라서 본능적으로 몸을 낮추었다. 탕 소리가 귀를 찢었다. 어깨가 칼에 베인 듯 아렸다. 총알이 왼쪽 어깨를 관통한 것 같았다.

수하는 어깨를 감싸 쥐며 바닥에 쓰러졌다. 손에서 떨어져 바닥을 구르던 스픽은 난간에 부딪히며 멈추었다. 수하는 간신히 눈을 뜨고 고개를 들었다. 반짝거리는 시몬의 구두가 보였다. 힘겹게 올려다보니 시몬의 표정은 히죽 웃는 것 같기도 했고, 금방 울음을 터뜨릴 것도 같았다.

시몬이 느닷없이 미친 사람처럼 소리쳤다.

"네 놈이 항상 문제였어! 네 놈이!"

수하는 피가 흐르는 어깨를 손바닥으로 누르며 간신히 말했다.

"이건, 으…… 이건 에코반이 자초한 일이야……."

"뭐라고?"

시몬의 눈썹이 실룩거렸다. 곧이어 두 발의 총성이 울렸다. 바닥이 흔들리며 수하가 널브러졌다.

시몬의 목소리가 갈라지며 울음이 섞여 나왔다.

"왜 너지? 왜 너에게, 왜 너에게 제이가 가는 거지?"

마침 제이가 플라잉 바이크를 타고 올라왔다. 그는 시몬과 수하를 보고 시동을 급히 껐다.

수하의 머리에 총을 겨누었던 시몬이 고개를 돌렸다. 그리고 제이와 눈이 마주쳤다. 제이는 상황을 파악한 뒤, 발 앞에 떨어져 있는 스픽을 주워들었다. 시몬이 애걸하듯 말했다.

"안 돼, 제이!"

제이는 못 들은 척 스픽 꽂는 장치를 향해 갔다. 시몬이 두 팔을 벌리며 막아섰다.

"안 돼! 제발, 널 쏘게 하지 마. 제이!"

시몬을 힐끗 돌아보고 제이는 스픽을 에너지 컨트롤 시스템 컴퓨터에 끼워넣었다. 시몬은 방아쇠를 쥔 손가락에 힘을 주었다. 그러나 당길 수는 없었다. 시몬의 손이 바람 빠진 막대 풍선처럼 아래로 축 늘어졌다. 그때 요란한 총소리가 울려 퍼졌다.

눈 깜짝할 사이에 시몬이 고통스럽게 어깨를 움켜잡았고, 제이가 앞으로 고꾸라졌다. 놀란 수하가 소리 난 쪽을 돌아보자 부관이 입가에 흡족한 웃음을 짓고 서 있었다. 제이는 무릎을 꿇은 채 안간힘을 다해 스픽을 끝까지 밀어넣었다.

수하는 제이가 떨어뜨린 총을 집어들고 누운 채 부관을 쏘았다. 부관은 어느 틈에 미끄러지듯 기계 사이로 몸을 감추었다. 시몬은 고통을 참으며 쓰러지는 제이를 부축했다. 수하도 총을 든 채 제이 쪽으로 기어갔다. 그때 홀로그램 모니터에 글씨가 선명하게 떠올랐다.

"에너지 방출, 작동."

이어서 사방이 번쩍거리며 정신 없이 벨 소리가 울려 퍼졌다.

"긴급 대피."

또다시 자막이 번쩍거렸다. 대형 컴퓨터의 디지털 숫자판이 59를 나타냈다. 카운트다운이 시작되었다. 기계들이 이상한 소리를 내기 시작했다. 어디선가 바람이 세게 불어닥쳤다. 기차가 덜컹거리는 듯한 소리, 바람이 나뭇가지를 흔드는 듯한 소리가 뒤엉켰다. 시몬은 제이를 안은 채 중심을 잡기 위해 비틀거렸다. 수하는 에너지 컨트롤 시스템을 받치는 기둥을 꽉 붙들었다.

45.

강하게 소용돌이치던 바람이 사라졌다. 귀가 먹먹해지며 모두가 허공으로 떠올랐다. 실내가 진공 상태로 바뀐 것 같았다.

30.

무중력 상태에서 모든 것은 느리게 움직였다. 휩쓸려 올라온 종이며 책들이 둥둥 떠다녔다. 시몬과 제이의 몸에서 흘러나온 핏방울도 마치 잘 다듬은 루비처럼 떠다녔다.

시몬은 수하가 옆으로 다가오자 안고 있던 제이를 놓아 주며 슬며시 밀었다. 수하는 제이를 힘겹게 안고 있는 힘을 다해 바닥으로 내려왔다. 시몬이 몸을 뒤집으며 컴퓨터 밑에 설치된 상자의 뚜껑을 열었다. 주먹만한 비상 단추가 나타났다. 시몬은 눈을 감으며 그것을 눌렀다. 컴퓨터 아래 공간에서 에어백처럼 무언가 쉭 소리를 내며 튀어나오더니 수하와 제이를 덮어버렸다. 비누거품같이 투명한 보호막이었다.

수하는 보호막 안에서 부관이 컴퓨터 뒤쪽에 둥둥 떠 있는 것을 보았다. 부관 역시 제대로 몸을 가누지 못한 채 허우적거렸다. 보호막 쪽으로 이동한 부관은 수하와 제이를 노려보며 총을 겨누었다. 그 사이 시몬이 부관을 향해 총을 겨누고 방아쇠를 당겼다. 총알이 발사되는 순간 시몬의 몸은 충격으로 뒤로 튕겨 나갔다.

시몬이 쏜 총알이 부관의 머리를 관통했다. 부관의 몸이 축 늘어지면서 피가 여기저기 튀었다. 벽에 부딪힌 부관은 팔다리를 아래로 축 늘어뜨렸다.

18초 전.

시몬은 회한에 찬 눈으로 보호막 안에 있는 수하와 제이를 바라보았다. 자꾸만 눈이 감겼다. 눈을 뜨려고 했지만 쉽지 않았다. 깊은 잠이 몰려왔다. 이윽고 팔다리를 아래

로 축 늘어뜨리며 조용히 눈을 감았다.

제이는 한쪽으로 떠밀려가는 시몬을 보며 울음을 터뜨렸다.

"안 돼……. 시 · 몬……."

수하는 시몬을 지켜보다가 눈을 감아버렸다. 뱀의 허물처럼 시몬의 몸이 투명해지더니 순식간에 산산이 부서져 먼지가 되었던 것이다. 그 옆에 떠 있던 부관의 몸도 한순간에 가루로 변했다.

디지털 숫자판이 1에서 0으로 바뀌자 바닥에서부터 강력한 에너지가 방출되었다. 토네이도 같은 회오리가 쳤다. 기류는 점점 더 세지더니 모든 것을 휩쓸면서 열차가 전속력으로 지나가는 듯한 소리를 냈다. 델로스 타워의 원형 지붕이 엄청난 기류에 밀려 포자가 날리듯 공중으로 솟구쳤다. 그곳으로 축구공의 바람이 빠지듯 엄청난 속도로 에너지가 빠져나갔다.

다시 찾은 파란 하늘

에코반 시민들과 경비병들은 거리에서 델로스 타워가 분해되는 광경을 지켜보았다. 엄청난 불기둥이 로켓처럼 하늘로 치솟더니 먹구름 사이로 사라졌다. 갑자기 거리가 대낮처럼 밝아졌다. 하늘에서 이상한 일이 벌어지고 있었다. 검은 구름이 새떼가 흩어지듯 부서져 나갔다. 그 뒤로 파란 하늘이 언뜻언뜻 비쳤다. 사람들이 비명을 지르며 눈을 가렸다. "이제 종말이 온 거야!"라며 훌쩍이는 사람도 있었다.

총독은 침통한 얼굴로 하늘을 내다보고 있다가 고개를 떨구었다.

수하는 제이를 플라잉 바이크에 태우고 호수 주변으로 내려왔다. 제이는 아직 정신을 못 차리고 있었다. 사람들이 그들 주위로 몰려들었다. 경비병들도 감히 그들을 체포할 생각을 하지 못했다.

제이가 가만히 눈을 떴다. 그리고 수하의 눈과 코와 입술을 찬찬히 본 뒤 힘없이 미소를 지었다. 수하가 따라 웃었다. 제이는 힘들게 몸을 일으켰다. 가슴이 욱신거렸다. 제이의 눈에 반쯤 부서진 델로스 타워가 들어왔다. 제이가 가릉거리며 안간힘을 다해 말했다.

"저기, 저기 좀 봐!"

먹구름이 사라지고 하늘에는 온통 눈부신 파란색뿐이었다.

수하는 제이를 내려놓고 일어섰다. 그리고 사람들을 향해 큰소리로 외쳤다.

"여러분! 이제 에코반은 없습니다. 여러분은 오랫동안 속았습니다. 푸른 하늘이 있었지만, 에코반 지도자들은 자신들의 권력을 유지하기 위해 그 사실을 감추고 있었습니다. 이제 여러분의 나라로 돌아가십시오! 돌아가서 여러분의 나라를 다시 세우십시오!"

웅성거리던 사람들이 "와와" 하고 함성을 질렀다. 그 순간 에코반 곳곳에 설치된 스피커에서 총독의 침통한 목소리가 들려왔다.

"에코반 시민 여러분. 이 순간부터 저는 에코반 통치를 포기합니다……. 오래전에 지구의 오염 상태는 거의 정상을 되찾았습니다. 그동안 여러분을 속인 점 뉘우칩니다. 이제 에코반은 없습니다……."

총독은 한참 동안 말이 없었다. 시민들이 놀란 얼굴로 웅성거렸다. 스피커에서 또다시 힘없는 총독의 목소리가 흘러나왔다.

"지금 이 시간 이후 경비대의 무장을 해제합니다. 모든 권한을 법무장관에게 넘깁니다. 그의 지시를 따라 차분하게 귀국하시기 바랍니다. 그럼 이만……."

시민들은 스피커를 올려다보며 또 무슨 말을 흘러나오려나 하고 기다렸다. 그러나 그 뒤에 들린 것은 한 발의 총소리였다.

"탕!"

곧이어 '치익치익' 하는 잡음이 시끄럽게 흘러나왔다.

수하는 제이를 안았다. 하늘을 올려다보았다. 눈이 부셨다. 그토록 꿈에 그리던 하늘을 보았지만 이상하게 자꾸 슬픔이 몰려들었다. 그림에서만 보던 뭉게구름이 둥둥 흘러갔다.

사람들 사이를 헤치고 글라이더 쪽으로 가는데 누군가

OF MARR
JINSUN JEONGWON
EL PUENTE
Com-on
TIN HOF

어깨를 잡아당겼다. 땀으로 범벅이 된 조였다. 조가 수하의 어깨를 감싸안았다. 수하는 정겨운 목소리로 말했다.

"수고했다, 조. 네가 없었다면 저 푸른 하늘도 없었을 거야!"

"헤헤, 내가 뭘!"

조는 쑥스러운 듯 장난스럽게 웃으며 어디론가 뛰어갔다. 수하와 제이를 향해 길을 터주던 인파 속에서 누군가 나지막이 노래를 불렀다.

바다를 향하여 비는 방울이 되어 내리고
태양을 향해 불꽃은 위로 높이 타오른다.
바람은 넓은 광야를 지나 계곡으로 가고……

몇몇 사람이 따라 부르기 시작하더니 곧 모두가 입을 모아 합창을 했다.

뿌리는 땅을 파고 저 깊이 손을 뻗는다.
나는 누구이고 우리는 어디서 왔나?
무얼 찾아서 우린 어디로 가야 하나?

이른 아침, 수하는 눈을 떴다. 창문을 지나온 햇살이 수하의 얼굴을 거쳐 길게 벽에 드리워져 있었다. 수하는 누운 채 벽에 붙은 지브롤터 지도와 지구본, 노란 국화꽃이 핀 화분을 바라보았다. 신기했다. 늘 시든 듯 고개를 숙이고 있던 국화들이 고개를 빳빳이 쳐든 채 웃고 있었다.

갑판으로 내려오자 페토가 졸고 있다가 달려왔다. 난간에 걸터앉아 있던 카렌도 발소리를 듣고 일어섰다. 활짝 웃는 카렌의 머리에 들국화 모양의 핀이 앙증맞게 꽂혀 있었다.

수하는 카렌의 머리를 쓰다듬으며 바다를 내려다보았다. 늘 먹물을 푼 듯 시커멓던 바다는 언제 그랬냐는 듯 푸른빛이었다. 하늘에 양털구름이 탐스럽게 널려 있었다.

수하는 글라이더에 올랐다. 시동을 걸자 양 날개에 달린 프로펠러가 요란하게 돌아갔다. 글라이더가 갑판을 구르더니 연처럼 가볍게 파란 하늘로 둥실 떠올랐다. 멀리 자그마한 섬들이 한눈에 들어왔다. 그 사이사이에 시실 섬을 떠나가는 사람들을 태운 배들이 점점점 떠 있었다.

수하는 엔진의 출력을 높여 더 높이 날아올랐다. 수하는 미소를 지으며 행복감을 느꼈다.

그것은 참으로 오랜만에 느껴보는 달콤한 기분이었다. 그런데 그의 눈이 갑자기 둥그레졌다. 시실 섬의 모양이 낯익었기 때문이었다. 분명히 지도에서 보았던 지브롤터였다. 제이와 함께 가고 싶었던 그 꿈의 섬이었다. 수하는 눈을 감았다가 다시 떠보았다. 마찬가지였다. 지브롤터와 같은 모양이었다.

10년 전, 어린 제이와 수하는 에코반의 지붕 위에 서 있었다. 제이가 물었다.

"여기가 혹시 지브롤터가 아닐까?"

수하는 고개를 저었다.

"지브롤터는 더 아름답고 행복한 곳이야!"

제이가 수하의 손을 잡았다.

"눈을 감고 내 손 잡아봐. 아주 멋진 거 보여줄게."

수하가 손을 잡고 눈을 감자 아름다운 풍경이 눈앞에 펼쳐졌다. 높고 푸른 하늘, 짙푸른 바다, 이파리가 나풀거리는 크고 작은 나무들……. 수하는 자기도 모르게 중얼거렸다.

"아름다워!"

어린 제이도 무엇이 보이는지 소근거리듯 말했다.

"그래, 정말 눈부셔!"

수하는 제이의 손을 꼭 잡았다.

"오늘은 정말 아름다운 날이야. 원더풀 데이!"

수하는 옛 기억을 떠올리며 옷깃으로 파고드는 바람을 느꼈다. 그리고 시실 섬을 새로운 낙원으로 만들겠다고 마음먹었다.

수하는 글라이더의 고도를 서서히 낮추었다. 갑판에 서 있는 사람들이 손을 흔들었다. 노아 박사와 제이, 조와 카렌이었다. 수하는 날개를 좌우로 흔들어 인사한 뒤 천천히 고도를 낮추었다. 수하의 뒤로 양털구름이 박힌 파란 하늘이 아름답게, 눈부시도록 아름답게 펼쳐져 있었다.